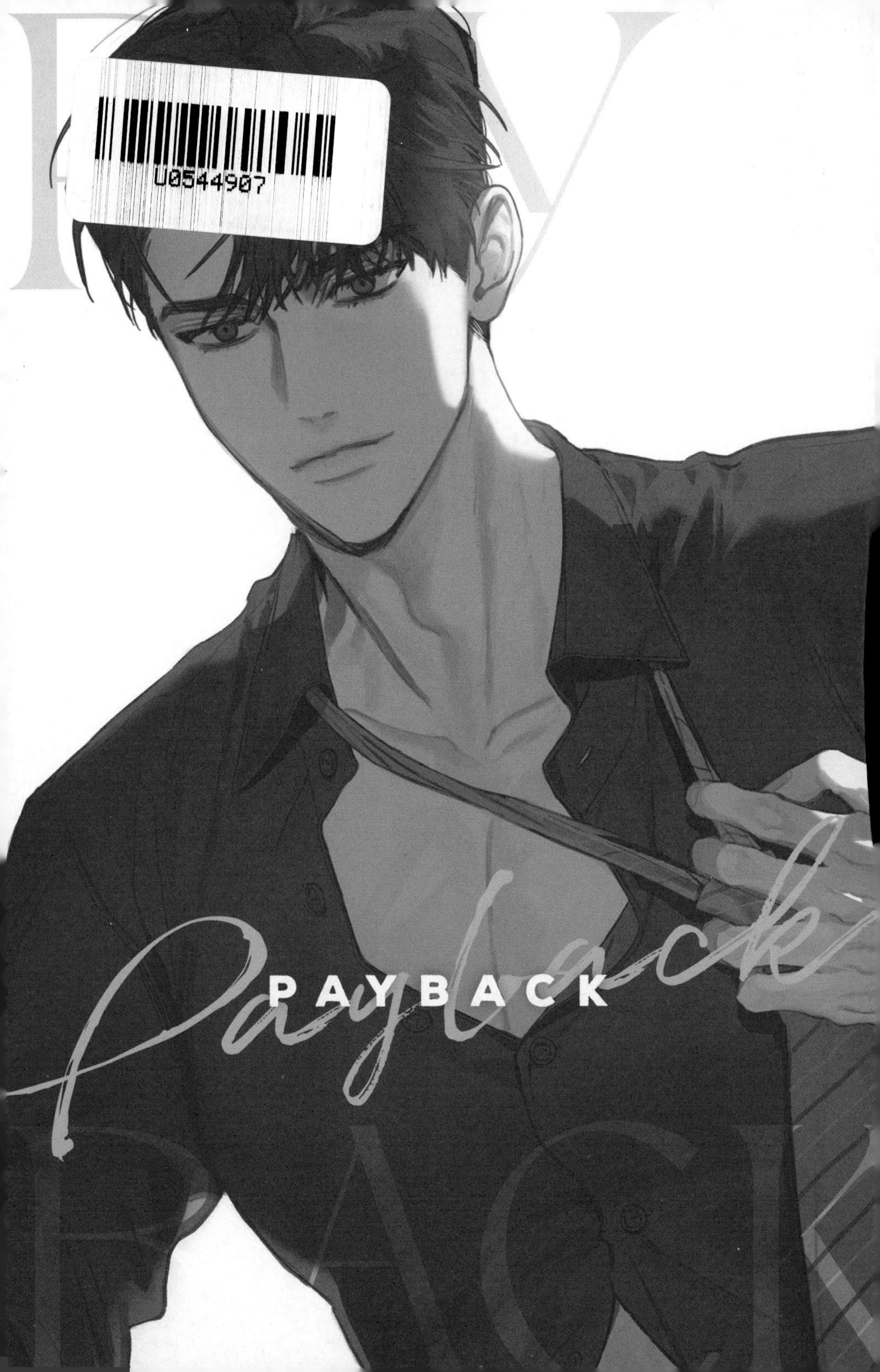
Payback
PAYBACK

PAY OFF

Pay Off

「你明天就出院吧。」

簡短告知的醫生不知為何嘆了口氣，在病歷上記錄了一些資訊，就交給了護理師。這段期間為我照護傷口的年輕醫生，這次也不例外地對我再三叮囑。

「雖然傷口正在順利癒合，還是不能隨便活動身體，絕對不可以逞強，知道了嗎？嗯？」

「是。」

面對醫師的囑咐，我只是敷衍地點點頭。可以稍微活動身體後，我便開始做伏地挺身，或是在醫院的樓梯間上下折返跑。自從這件事被發現，醫生總是帶著斥責的眼神對我訓話，而我也總是央求他讓我出院。

當然是身體被悶得受不了，我才會一直運動的。醫生往下瞄了眼我的肚子，又輕聲嘆了口氣。腹部的繃帶已經拆掉，現在只貼著巴掌大的紗布。對我來說，那片紗布小到約等於痊癒，醫生卻不忘再次叮嚀。

「絕對不可以做激烈運動。」

我點點頭。我當然不會做了，畢竟在我的認知中，激烈運動差不多是拿刀跟別人拚個你死我活的程度。然而，醫生似乎對我的回答不甚滿意，離開時也不忘對我投以懷疑的目光。但跟在後頭的護理師卻不一樣，反而真摯地為我送上祝福。

「聽到能出院，你一定很開心吧。我從沒見過像你這麼熱愛運動的人。」語帶笑意的她像忽然想起什麼似的，對正在收拾衣服的我說道：「啊，每天晚上都會前來陪護的家人一定也很開心。你跟你哥哥的感情是不是很好？」

「不是。」

「……」

我的意思是「那不是我哥」，但我想應該不用多做解釋吧。居然說神經病是我哥，簡直太荒謬了。我拋下愣住的她，離開病床走向門邊。她後知後覺慌張地問我要去哪裡，而我則親切地告訴她——

「活動身體。」

扣掉待在加護病房的時間，我在醫院待了整整三週，占據我大部分活動範圍的是醫院的天臺。因為不能穿著病服去到外面，自然只能選擇頂樓當作自由活動身體的空間了。在七層高的大樓階梯來回跑了五趟之後，我推開了天臺的門，迎接我的，是夜晚涼爽的空氣。

「呼，呼……」

不知不覺急促起來的喘息，與冰涼的空氣一同灌入胸腔。時值夜晚，我在昏暗的光線中朝著空無一人的天臺盡頭走去，站到比自己還高的鐵絲網前。直到呼吸漸趨平緩，我低頭瞄了手錶一眼。我抵達這裡的速度越來越快了，雖然每次活動身體都會牽扯到腹部的傷口，但這點程度的疼痛幾乎可以忽略不計。

之所以一直堅持運動，一方面是希望身體趕快恢復；另一方面，則是一個月後就要開始電視劇的拍攝了。在百忙之中再次抽空前來的鄭製作人，送了一樣東西給我作為禮物——那是提前出爐的電視劇劇本。電視劇一共四十集，目前剛完成第五集的劇本編寫，他帶來的正好是第一和第二集的劇本。

「目前主演還在陸續試鏡當中。雖然我說過想再次與你合作，但那只是我個人的想法。即使我在腦中刻畫的角色就是泰民先生的樣子，選角仍不是我一個人說了算，所以我希望你可以正式試鏡一次。畢竟電視劇的投資方都希望選用自家演員，從電視臺到贊助商無一例外。你應該不會以為人選已經確定了，結果發現還要試鏡就感到失望吧？」

我回答「不會」後，他笑著點了點頭。

「我的決定權還是最大。只不過，要是你的演技差到在場所有人都反對，那我也沒轍。」

他說出這段話的時候，是兩星期前，而現在距離試鏡還有十天。當然，我非常清楚這番話意味著什麼，所以這兩週都在拚命研讀劇本。鄭製作人希望我出演的角色，是小說中國情院的員工。

臺詞不算多，卻是每集都會登場的重要角色，動作戲也特別多。在前兩集的劇本中，國情院員工共有八個登場片段，試鏡方式是評審隨機指出其中一場，讓我進行現場演繹。也就是說，每個片段都得練習到完美才行。

幸好當時我正苦惱著該如何逃離枯燥乏味的住院生活，有事做反而比較開心。其實我仍有些不敢置信，坦白說，即使確切得到鄭製作人的試鏡邀約，迷茫的情緒依舊在心頭縈繞。我可以飾演這麼重的角色嗎？以我現在的能力，真的有辦法撐起如此重要的戲份嗎？一股前所未有的恐懼在心中萌發，與此同時，某種渴望也越發濃烈——我是認真想出演這個角色。

喀啷。

手指穿過堅硬的鐵絲，搖搖晃晃的金屬發出刺耳的摩擦聲。和我拍攝自殺戲的天臺不一樣，高過頭頂的鐵絲網看似難以逾越，但如果有心，想翻越也並非絕無可能。

鐵絲網的另一側沒有欄杆，所以來不及輕拍衣服就會直接墜落。我的手掌緊貼著凹凸不平的網狀表面，俯視著眼前深不見底的黑暗。被夜晚籠罩的暗色無法探知深淺，像個靜靜等待吞噬獵物的未知深淵。

想做某件事的心情對我來說生疏且彆扭，我也不曉得自己是否有資格懷有這種心情。這股彆扭和依然無法消弭的罪惡感大概一輩子都不會消失吧。指尖越發用力，冰冷的鐵絲也隨之深深嵌入掌心。

要是能墜入那片黑暗，遇見弟弟和媽媽的話，我想問他們——我真的可以去過自己的人生嗎？上一次是在瀕死之際，我才有機會見到弟弟。即便只是幻想，假如見到弟弟需要付出死亡作為代價，那我也心甘情願。濃重的黑暗助長了內心的衝動，腦中的渴望彷彿魔鬼的低語——想聽見回答嗎？

「你想跳下去嗎？」

霎時間，帶著笑意的聲音自不遠處傳來。與此同時，毛骨悚然的涼意也自脊背蔓延而上。我沒有鬆開抓著鐵絲的手，徑直轉過上半身。不知何時到來的神經病正站在離我幾步之遙的地方，漫不經心地盯著鐵絲網。

「才那點高度，要翻越不是很容易嗎？如果你想的話，我可以推你一把。」

我皺起眉頭，想叫他不要胡說八道。不過看著他緩緩挪動的手臂，我的話又從舌尖吞了回去。只見他捲起袖子，刻意抬起被一道長疤覆蓋的手腕。

「誰叫你是膽小鬼，如果是我，就不需要別人幫忙了。」

他過分燦爛的笑容，讓我更笑不出來了。

「不要。」

開口對我來說十分艱鉅，拒絕的話卻比想像中更輕易地脫口而出。可我依舊不敢直視他的手腕，只能強迫自己凝視著他的臉。

「我會先推你下去，然後自由自在地活著。」

他眼角彎起，冷漠自瞳中褪去，心滿意足地說道。

「幸好你很清楚。」

清楚什麼？我用眼神詢問後，他走到我面前，手覆在我仍抓握著鐵絲網的手上。他將我的手用力扯開，鐵絲摩擦的刺痛從指尖隱隱傳來。

「沒錯，你不是自由之身，所以你別搞錯了，我勸你，並不代表我在詢問你的意願。」

「既然不是詢問意願，幹嘛勸我？」

「故作親切。」

厚顏無恥回答的他，用力拉著我的手。

「要走了嗎？」

因為沒通知任何人我出院的消息，隔天早上離開時病房冷冷清清的。其實出院也不需要特別準備什麼，顯然是神經病的匿名付款人已經辦妥了所有出院手續，我只要脫下病服再換上便服即可。本來打算獨自離開，他卻一早就傳了簡訊過來。

——去我家。

我正打算無視神經病的命令，將手機闔上時，另一封簡訊立刻接著傳來。

——還是我現在過去接你？

明明只是文字，我卻不由自主想起他散發寒意的笑容，也想起他昨晚說過的話——故作親切。該死的傢伙。

——我先要去考試院一趟，你不要過來。

傳送回覆後，我將散發廉價塑膠味的T恤套到頭上。被送來醫院時穿的衣物已經因沾到血跡被丟掉了，這是從醫院附近的商場買來的。新的牛仔褲稍嫌僵硬，穿起來不太舒服，但反覆走動幾次後也就習慣了。這時，手機的燈光閃爍了一下，又一封簡訊傳了過來。

——不用去考試院，你的行李已經收拾完畢了。

收拾？我迅速傳出疑問後，沒多久就收到了回答。

——丟了。

這個臭小子。我忍不住皺起眉頭，怒瞪著手機。誰准你擅自丟掉別人的東西？當我正要將飽含怒意的文字發送出去的剎那，手機又再次閃爍，亮起了光芒。

——你現在只要擁有我就夠了。

「……」

視線在那段文字上久久無法移開，直到手機螢幕暗了下來，我的大腦才重新恢復運轉。有時候我會懷疑，神經病那傢伙是不是個情場高手啊？總是先將人激怒到瀕臨極限，又若無其事地平息那股怒火。

問題是，無論他的言行舉止有多幼稚，對我都十分有效。所以說，我才是問題的根源嗎？媽的，我怎麼會喜歡那種傢伙？我一邊嘟囔著，一邊頭也不回地走出過去一個月的棲身之所。

走過醫院瀰漫著消毒水味的大廳，外頭燦爛的晨光逐漸灑落，昨晚安靜無聲、恍若巨口的深淵正迎接著我。夜晚的黑暗褪去，顯露出人們繼續生活的世界，而我也邁開腳步，緩緩融入其中。

我沒去那小子家，而是先行前往公司。本來想給不知道我出院的經紀人和漢洙一個驚喜，沒想到反倒是自己受到了驚嚇。睽違將近一個月的公司大樓已然物是人非，不只進出管制變得更加嚴格，拿著以前的識別證根本無法進入。警衛依舊是個熟悉的面孔，可惜只憑那樣遠遠不夠。

「現在沒有新的識別證就不能進去。幾週前突然公告內部人事異動，員工大洗牌，害我們累得半死。就算我認得你，也沒辦法讓你進去。」年近五十的警衛面色凝重地接著說：「而且公司還沒徹底調查完內部弊端，應該還有人會被炒魷魚。呼，現在尹理事每天早上做的第一件事，就是笑著開除員工。」

可能是對此心有戚戚焉，他說完「要是我犯錯也會被開除」後，便將我請了出去。忽然連大門都進不去，我只能無奈地仰望著大樓。

神經病這傢伙是不是正在辦公室精挑細選下一個開除對象？他揮出的刀，似乎要徹底斬草除根才肯罷休。他會耐心等待那些假裝投降、實際上早已腐爛的枝椏再次探出，想必在經此巨變後，要將之砍下定是易如反掌。

我再次感到不可思議。畢竟對我來說，他就只是個神經病，對於他身居高位、能在公司叱吒風雲這件事，我始終沒什麼真實感。我凝視著緊閉的玻璃門，過了一會兒才從口袋掏出手機。叮鈴鈴。電話撥通沒多久，就聽見熟悉的聲音傳了出來。

『是泰民嗎？』

本來想安排的驚喜都白費了。

「經紀人，我現在在公司門口。」

託經紀人的福，我拿到了新的識別證，得以進入我熟悉的小型會議室。被我出院的消息嚇到的經紀人和漢洙，似乎正在討論什麼大事，見我進門小小地驚訝後，馬上又轉回原先的話題。

「那就會在公司創立紀念日公布新的電視劇製作公司囉？哇，這次的創立紀念活動一定非常盛大！」

漢洙激動地提高音量，經紀人則大力點了點頭。

「對啊，創立紀念日本來就會邀請旗下藝人齊聚一堂，在高級飯店盛大舉行，但這次規模應該會更大，畢竟電視劇話題性十足，肯定吸引了大批感興趣的相關人士或廣告贊助商……」經紀人似乎是在想像那幅光景，出神地凝望著半空中，隨後才繼續感嘆：「真讚。」

接著，他好像想起什麼似的，趕緊切換成著急的表情。

「衣服要穿什麼？我要不要跟魔術師朋友借一下金箔西裝外套？」

漢洙也表情驟變。

「嚇！那我要穿什麼？」

「漢洙，你就穿你姐夫婚禮時穿的那套衣服啊。」

「不行，他們婚禮穿的衣服都是跟婚宴會館租的。對了！有買一套韓服，還是我穿韓服？」

「喔——韓服很棒耶！看起來一定很亮眼。」經紀人眼睛一亮，猛然轉頭看我，「好耶，泰民，你也跟漢洙一起穿韓服……」

「不要。」

冷漠回應後，我向面露失望的兩人詢問了一件更重要的事。

「為什麼要亮眼？」

不就是公司的創立紀念活動嗎？只見看著我的經紀人和漢洙，眼中流露出「你怎麼連這種事都不知道」的憐憫神色。

「因為要給人留下好印象。」

「給誰？」

「還能是誰！當然是出席活動的人啊。大家本來就已經為了電視劇爭相和我們公司接觸，到時候一定會有更多人搶著參加。我們要討好的對象不只電視臺相關人士和記者，廣告贊助商也會有人出席。不對，因為會見到厲害的尹理事，順利的話……嚇！說不定電視臺的重要幹部或廣告投資人也會親自出席！」

光是想像彷彿就快讓經紀人喘不過氣了，只見他又再次抓住胸口，輕聲喘息。應該是又過敏了吧。現在就算他抓著蛋蛋昏倒，我也不打算理他了。我低下頭，繼續讀起鄭製作人給的劇本。但經紀人接下來的推測，讓我忍不住再次抬起頭。

「現在想想，這次的活動根本就是戰場吧。」

聽見他一本正經的咕噥，漢洙替我問了句「為什麼」，一個熟悉的名字立刻從經紀人口中脫口而出。

「擊敗金會長時，尹理事不是曝光真實身分了嗎？」

「什麼真實身分？」

這次換我提出疑問了。見狀，經紀人連忙說了句「啊，你不太清楚吧」，便親切地向我解釋。

「你不要嚇到喔，尹理事他啊，我的天，他居然是我們公司的超級大股東——H企業的老闆韓會長的孫子！」

「……」

「你不驚訝嗎？H企業耶，那個赫赫有名的H企業！」

「……」

「而且聽說尹理事已經戰勝其他繼承人，繼承了數額相當龐大的財產。」

我表情呆愣，露出一副「為什麼要驚訝」的樣子後，經紀人長嘆了一口氣，小聲向漢洙抱怨。

「我不想說了。」

「我之前轉述消息的時候，他也是自顧自說完所有重點，害我徹底失去興致。」

「唉，沒良心……」

匡！

我用力捶了一下桌子，兩人這才轉過頭來。我輪番掃視他們，平靜地陳述。

「我了解了，我確實是和金會長的手下打架受傷住院的、沒良心的傢伙。」

兩人的肩膀縮了一下，同時露出緊張的笑容。

「哈哈，我、我知道啊。對了，我、我剛才說到哪裡了？」

「尹理事的真實身分。」

「嗯，對，尹理事擊潰金會長之後，公司上上下下已無人能與之匹敵，沒想到他連家世背景都那麼雄厚，導致整個演藝圈天翻地覆……該說是勢力版圖瞬間變成以我們夢想娛樂為中心嗎？」

他的這番話，有些部分讓我很是疑惑。在尹理事剷除腐爛枝椏的過程中，車中宇的逃兵爭議和明新的性愛影片事件應該有損公司形象才對，明新的醜聞爆發一週後，至今仍是眾人的話題中心。

「公司接連傳出藝人的嚴重醜聞，卻反而成為業界中心？」

可能是想到了明新的事，經紀人的表情愣了一下。

「那當然會對公司形象造成負面影響，不過在業界並非如此。畢竟會惹出問題的藝人大多我行我素、難以管理，公司藉由這次事件和旗下藝人重新簽訂合約，如果對方不願意就讓人滾蛋，可眼下這種情況，有誰會願意放棄近水樓臺的機會一走了之？除了拿回電視劇版權，還意外公布了尹理事的雄厚背景，在眾人眼中，夢想已經徹底占據先機。即使目前形象下滑，以長遠角度來看，對公司還是利大於弊。你可能不太清楚，經紀公司最重要的就是處理與藝人的關係，對藝人的掌控程度決定了公司在業界的地位。而尹理事在徹底擊潰金會長的同時，一併解決了這件事。」

結束一長串說明的他，再次發出感嘆。

「尹理事真的很了不起，居然能用一次幹部會議就大獲全勝，收穫自己想要的一切……這樣看來，不該說了不起，應該說他這個人很可怕才對。」經紀人露出苦笑，繼續說道：「比起我這種軟弱的人，更加適合這個行業。」

「這倒是。」

聽見我的附和，他露出尷尬的笑容。

「是、是吧？」

「不過，更重要的是，經紀人才是最棒的。你憑藉直覺相中了無人在意的宅配員，不僅發掘了他，還替他找到自己未能察覺的渴望。」

「渴望？」

我輕輕點頭。

「對，渴望。就算已經完成復仇，我現在也開始想認真演戲了。」經紀人和漢洙都屏氣凝神地凝視著我。尤其經紀人更是徹底愣住，眼睛連眨都不眨一下，還是一旁的漢洙勉強開口。

「哇、哇！真的嗎？所以你不會辭掉演員的工作囉？」

辭掉？我訝異地看著他，漢洙這才靦腆地搔了搔頭。

「明新哥的事件曝光後，我和經紀人都很擔心。因為你一開始是為了復仇才成為演員，我們猜你可能會辭掉工作，但你卻說想繼續演戲……」漢洙嚥了口口水，忍不住笑了出來，「我只是、只是覺得終於可以放心了，好開心，呵呵。」

說完後，他側過頭，似要掩飾即將潸然落下的淚水。我不禁有些訝異，原來他是真的替我感到開心。隨後，終於回過神來的經紀人亦清了清喉嚨。

「咳咳，這樣啊，聽到你說開始想認真演戲，真是太好了。咳咳，唉，真是的……喉嚨怎麼一直卡痰。」

就這樣，經紀人又清了幾次喉嚨，開始替不在場的人惋惜。

「要是現場經紀人聽見你這麼說，一定也很開心。他特別擔心你，也是真心替你難過，還說因為神經病的關係，每次想到你的未來就忍不住落淚。」

現場經紀人悲傷的神情仍歷歷在目。他最後一次來醫院探望我的時候，依舊緊握著我的手，這樣替我加油——

「如果關節受傷了可以跟我聯絡，我知道一間不錯的復健診所。」

被神經病指派的任務已經完成，恢復了原本無業遊民身分的他看起來無比開心，讓我不太好意思開口挽留。經紀人似乎也有同感。

「可是現場經紀人離職時好像非常開心，我不好意思阻止他。唉，要是可以一起在這裡工作就好了。」

這個嘛，只要神經病還在，他就會因為膝蓋隱隱作痛而不願出現吧。我想著已經離開的他，又憶起自己先前對漢洙說過的話，再次開口。

「你直接叫我哥就好了。」

殊不知，漢洙卻表情堅決地搖了搖頭。

「不用了，之、之後再說吧。」

接著他低下頭，用我勉強能聽見的音量呢喃了句「再過一陣子吧」。他似乎對我弟過世的事耿耿於懷，又擔心說出來會更尷尬，只好輕鬆帶過。不過，尷尬的沉默顯然已經籠罩了這間小會議室。我本想繼續研讀劇本，又忽然想起經紀人未竟的解釋，開口問道。

「是說，創立紀念活動會變成戰場是什麼意思？」

轉換話題後，經紀人好像鬆了口氣，趕緊迎向我的目光。

「嗯，畢竟大部分藝人已經將尹理事視為通往成功的最大關鍵，再加上他單身、長相帥氣、身材挺拔，是完美的金主典範。既然可以在活動會場正式見到他，大家當然會一擁而上吧？聽說好像還有人為了在當天引起尹理事注意，開始練習跌倒呢。」

已然恢復平靜的漢洙趕緊繼續說道。

「而且最近還有許多藝人配合尹理事的上班時間坐地鐵來公司，可是都沒人見到他。可惡，我也沒看見！就只有那隻野狼精在地鐵上遇見過尹理事！泰民先生，你說對不對？野狼精很煩吧？」

情。

「……」

就在我無言以對的時候，經紀人輕輕拍了拍我的肩膀，露出一副他都懂的表

「泰民一定也覺得很煩吧。但用那種狡猾的方式勾引對方，不是泰民的作風，對不對？」

「……」

我依舊開不了口，兩人卻自顧自進入打倒野狼精模式。

「野狼精，我就看你動歪腦筋勾引尹理事，最後能有多成功。」

「我也要等著看。啊，經紀人，野狼精都已經使出如此狡猾的手段，在地下停車場假裝巧遇尹理事了，要是他直接闖入尹理事家該怎麼辦？」

「沒錯，那傢伙一定會這麼做。我每天都到地下停車場蹲點，卻連尹理事一根頭髮也沒看見，那小子到底有多難纏！既然他那樣死纏爛打，完全有可能已經在尹理事的住處附近埋伏，真是越想越煩人。而且名字還叫兩百元，有夠俗的。」

我表情凝重地愣怔片刻，轉頭望向經紀人。其他先不說，你自己叫崔得八，根本沒資格攻擊人家的名字吧？我感到一陣無言，經紀人卻好像想起什麼似的，親切地問我。

「對了，泰民，既然你出院了，接下來要住哪裡？」

「……」

「與其回考試院，不如來我的租屋處吧。雖然空間不大，但住得下兩個人。」

「沒關係。」

「什麼沒關係，你不回考試院了嗎？那真是太好了，你要住哪裡？」

「……」

「嗯？住哪裡？」

「認識的……哥哥家。」

後來，我被迫聽著經紀人和漢洙一下子稱讚認識的哥哥，一下子痛罵野狼精。就在我忍不住想走人時，認識的哥哥剛好傳了簡訊過來。

──你先去地下練習室，我忙完就去接你。

開什麼玩笑？是要我昭告天下說自己就是野狼精嗎？別搞笑了。本想反駁的手指，卻因接著傳來的訊息而停下動作。

──有個傢伙說一定要見你一面，我會以尹理事的身分帶你過去。

有個傢伙說要見我？我有點納悶，注意力全都集中在誰會透過尹理事說要見我這件事上，以至於沒發現他隱含在字句中的冷漠。既然他沒有提前說明對方的身分，我應該也問不出什麼所以然來。畢竟我十分清楚，即便問了，他也不會回答。

我拿起劇本，站起身準備離開。見狀，和我一樣讀著劇本，一邊和經紀人討論的漢洙立刻抬起頭。

「啊，你要去哪裡？」

──地下練習室。

給出稀鬆平常的答覆後，我準備轉身離開。但兩人的表情卻倏然變得十分微妙，彼此交換了一個不知所措的眼神。

「怎麼了嗎？」

聽見我的反問，經紀人露出苦笑。

「地下練習室現在被一群平時不會借用的人霸占了。」

他一說完，漢洙也附和般點了點頭。

「我前幾天也是練習到一半就被趕出來了。嚴格來說，他們也不算把我趕出來……嗯，只是擺臉色暗示我趕快滾。」

「所以是誰？」

聽見我不自覺嚴肅起來的語氣，漢洙欲言又止，片刻後才咕噥道。

「一群要參加電視劇試鏡的演員。」

與此同時，他又小聲碎念了一句，雖然沒有完全聽清，但能勉強分辨出是「他們自以為是貴族吧」。後來，我沒再追問憂鬱的漢洙就離開了。畢竟我只要直接下樓確認就好，那些明明要參加試鏡、平時又不會借用練習室的演員，究竟是哪些人？我先登記完要使用練習室，便去找認識的管理員領取鑰匙，然而他卻露出意外的表情。

「現在大家都搶著練習電視劇試鏡，已經沒有多的練習室了。但我看你手上拿著劇本，你也是為了電視劇過來的吧？哇，厲害喔！你去 B104 號練習室吧，那裡正好在上電視劇相關課程。」

我將管理員的感嘆拋諸腦後，走過地下室的走廊。公司安排的課程大部分都是提供給我這種練習生的，如果已經上過電視、有了一定知名度，就會另外安排個人課程，不會和練習生一起上課。

可是我聽經紀人說，只有比較重要的角色才會舉行試鏡，那些人理所當然不可能在這裡練習才對。我納悶地打開夢想最大間的練習室的門，立刻意識到自己的想法錯了。除了講師外，裡頭一共有三個人，且全都是熟悉的面孔。

也就是說，他們經常在電視上出現，連我都略知一二。因為演戲的關係，我直到近期才開始關注電視節目，這幾張臉確實經常出現在廣告和電視劇上。這時我才終於知道為什麼管理員會睜大眼睛、驚訝地說我很厲害，以及經紀人和漢洙說霸占練習室的人究竟是誰了。我推門走了進去，所有人的視線立刻落在我身上。

砰。

身後的門砰地關上，我的目光在如同觀賞動物園猴子般盯著我看的眾人身上來回逡巡。他們的眼神中，明顯流露出「你誰啊」的煩躁情緒。而一些觀察力較為敏銳的人，在看見我手上的劇本後便瞇起眼睛，探究的視線瞬間充滿敵意。

我不以為意地掠過他們，往裡走去。事實上，我的笑容已經快憋不住了。這些傢伙以為自己是誰啊，居然這麼明目張膽地瞪人？我感覺自己喜歡迎難而上的本性即將爆發，於是強迫自己將視線固定在講師身上。此前見過幾次面而認得我的他，從我一走進這裡，就和管理員一樣驚訝地瞪大眼睛。

「你怎麼會來這裡？」

「聽說這裡有公司籌備的電視劇的相關課程。」

「喔，是沒錯。」含糊其辭的他瞄了又各自讀起劇本的演員一眼，隨即把我拉到角落，用其他人聽不見的音量悄聲說道：「泰民先生，我勸你直接離開比較好。公司已經重新公告參加電視劇試鏡的條件了，就是必須出示一定的練習時長，所以現在……」

他再次瞄了那些演員一眼，將音量壓得更低。

「大家都是勉為其難來湊時數的。」

「為什麼會有那種公告？」

聽到我滿不在乎地用平時的音量詢問後，講師嚇了一跳，趕緊對我使眼色，要我小聲一點。

「嗯，應該是為了馴服他們。」

馴服啊。如果懶惰又沒規矩的演員想要飾演某個角色，就必須勉強自己留下來練習嗎？這時，某人帶著笑意的聲音倏然傳了過來。

「講師，你們不要在那邊跟小老鼠一樣嘰嘰喳喳的，讓我們加入一起聊嘛。」

眉毛特別濃密的傢伙對著有些惶恐的講師笑了笑，「你們是不是在講我們的壞話？」

「不、不是那樣的……」

「啊哈，果然是啊。看講師驚訝的表情，我馬上就猜到了。你跟那個看見前輩也不打招呼的囂張菜鳥，一起在說我們的壞話對不對？」

「對，我們在講壞話。」

我無視講師驚愕的神情，搶先開口，只見原本一臉無聊讀著劇本的其他人也跟著抬起頭來。半是譏笑、半是冷諷的目光直射而來，我漫不經心地繼續說道。

「在說公司的壞話。畢竟沒事抬出這種莫名其妙的試鏡要求，讓我覺得很煩。就是這樣，才會發生真正需要練習室的人無處可去這種鳥事。」

聽見這番話，濃眉小子緩緩站起身。收起笑容的他，從更高的位置往下瞪視著我。

「鳥事？你覺得我們待在這裡很煩是不是？」

他語氣凶狠、態度囂張，見狀，講師趕忙慌張地試圖調解，卻遭到另一人阻止。

「講師，請你先安靜。」

說話的是個單手撐著地板、坐姿吊兒郎當的人。在三人當中長相最帥氣的他，感覺比其他兩人更加從容。我記得曾在公車站的廣告看板上看過他，是那名拿著飲料罐、露出燦爛笑容的演員。他應該是裡面混得最好的人吧？雖然剛入行沒多久，但我知道這個圈子人氣高的人說話向來比較大聲。這時，飲料轉頭催促我道。

「回答啊，你是不是覺得我們很煩？」

我轉過身，開口向他道歉。

「對不起，我聽不太懂，你們說話聽起來有點像狗叫。」

噠噠。

話音未落，原本坐著的兩人猛然站起身。雖然身高不及濃眉小子，不過其他人好像也很擅長從這個高度瞪人，看向我的眼神莫名有些搞笑。面對眼前景象，我終於忍不住笑了出來。喔，這樣啊，原來真的是你們這些傢伙對漢洙擺臉色，把他趕出練習室的。見我一笑，原本沒說話的最後一人也露出嘲諷的神色。

「很好笑嗎？你笑屁笑。」

那人有著讓人難以猜出真實年紀的童顏，外表看似單純無害，口中卻盡是些無禮至極的汙言穢語。但若在鏡頭前，他八成又會露出一副天真的模樣，假裝自己很善良，什麼都不知道吧。

「跟素人沒兩樣的傢伙，還敢這麼囂張？」

——自以為是貴族。

直到這時，我才終於明白漢洙的咕噥究竟是什麼意思了。一直享受著人們的歡呼注視、受到各方吹捧，似乎讓他們真的把自己當成貴族了。儘管在我眼中，他們不過是濃眉大眼的小子、外表天真的嘴臭仔和在廣告看板上拿著飲料的傢伙。

眼見情況愈演愈烈，講師上前拉了我一把，出聲制止他們。

「請你們體諒一下，他是因為沒辦法使用練習室，心裡有些鬱悶。李泰民先生你也別再說了……」

沒想到，聽見我名字的三人臉色驟變，表情瞬間由準備教訓我一頓的盛氣凌人轉為警戒。只聽濃眉小子開口說道。

「李泰民？登上夢想企劃的主角試鏡名單，卻意外躲過肅清的奇蹟新人？」

看來我在不知不覺間，居然成為奇蹟新人了。僅憑這一點，他似乎立刻聯想到某個合理的解釋，忍不住露齒一笑。

「原來你是仗著自己有金主，才敢這麼囂張。說吧，你背後是誰在罩你？難道是祕密嗎？」

「你們自己先說吧。」

天真臉皺起眉頭。

「幹，居然敢不知天高地厚詢問前輩的金主……」

「我不是問這個。」我打斷他的話，一一掃視著他們的臉，「我是在問你們是誰。」

一陣尷尬的沉默瞬間籠罩整間練習室。一旁的講師驚訝地轉頭看向我，而我卻只是語氣生硬地對著張大嘴巴愣住的他們說道。

「我連你們的名字都不知道，哪知道你們是不是前輩？」

看著他們扭曲的表情，我的直覺告訴我，從這一刻起，我的綽號應該會從「奇蹟新人」變成「白目新人」吧。

後來，被破壞心情的三人除了又嗆了我幾句之外，並未再有其他舉動就離開了。不過，離開前，他們還不忘狠狠瞪我一眼，以示警告。當然，我完全沒有放在心上，還因為可以幸運獨享整間大型練習室而感到開心。

講師似乎有許多話想說，卻還是專心指導我。他耐心地回答我提出的疑問，並不時指導我的發聲、動作和表情等等。儘管對我練習特定角色的事感到好奇，但他並未多加追問，只是離開前不忘給予建議。

「泰民先生，你要小心剛才那三個人。公司似乎是真的想馴化他們，換句話說，他們是我們這種底層員工難以應付的類型。嗯，假如你真的有什麼本事，或有辦法應對的話倒是無所謂，但我勸你還是能躲則躲。這個圈子大多數時候是靠著人脈與關係維持運作，所以……可以的話，希望我們明天不要再遇到了。」

講師可能也擔心自己會再次陷入尷尬的困境，即使支支吾吾，還是把最後一句話說了出來。我點頭說了句「了解」後，他輕嘆口氣，終於展露笑顏。

「但剛才的確滿爽的。」

講師離開後，我面對著讓練習室看起來大了一倍的落地鏡，看著鏡中唯一的觀眾，反覆練習同一句臺詞。先前漢洙參加鄭製作人的試鏡時，鄭製作人要求他重複表演同一個片段，而漢洙問了句「用一樣的方式嗎」。

那句話令我印象十分深刻。儘管是同一句臺詞，但隨著語氣和情緒轉換，卻可以演出完全不同的感覺。大概是由於演戲沒有正確答案，所以演員必須盡可能地以各種角度揣摩角色，並將之透過演技展現出來吧。先前上演技課的時候，講師一再強調的也並非「正確的演技」，而是「最棒的演技」。

「最棒」，也就是演繹出最接近劇本想傳達的情緒，演員能夠完美地與角色產生共鳴。隨著練習時間漸長，我越覺得自己彷彿陷入某種難以名狀的泥淖，無法找出答案。但我的目光始終沒有從鏡面離開，而是一次又一次微調，在鏡中創造出各種陌生面孔。就這樣，直到輕微的脹痛從反覆念著臺詞的喉嚨傳來，口袋中的震動讓我停下動作。

——過來停車場。

看到神經病的簡訊，我才想起傍晚要跟他去見一個人。我一邊擦去即將浸濕衣領的汗水，一邊歪頭思考——想見我的人究竟是誰？

這個疑惑，讓我即使在停車場見到神經病，也依然陷於好奇之中，從而忽略了他異常冷漠的笑容。

直到車子開到約定地點，我才終於抬起一直盯著劇本的目光。可能是出院後……不對，是自從復仇結束後，電視劇試鏡便徹底占據腦海，讓我時常近乎忘我地一頭栽進劇本之中。不知道這是不是為了填補復仇消失後的空虛而做的掙扎，但我也無所謂。有可以專注的事，就能成為我活下去的理由。

也許是我實在太過專注，直到車子停下後才倏然意識到，神經病這一路上都沒有對我說過任何一句話。轉頭一看，只見他正表情平靜地將車子熄火。

我隱約察覺到不對勁，於是開口問道。

「你生氣了？」

轉過頭的他彎起嘴角。

「我為什麼要生氣？」

嗯，因為我把你晾在一旁，只顧著看劇本？我本想這樣回答，又感覺太過幼稚，只能語氣生硬地反駁。

「誰知道？就是不知道才問你啊。」

隨後，他意外真摯地點了點頭。

「也對，不知道就該問。」

「所以你生氣了？」

我還想繼續追問「為什麼」，卻因他的目光而把話吞了回去。不知為何，明明只是毫無感情地盯著我手中的劇本，他低垂的視線卻令我不禁寒毛直豎。這時，他低沉的咕噥傳了過來。

「其實比較接近煩躁。」

他伸手抓住劇本，力道大得彷彿要將它搶走一般。接著，他抬起目光。

「我在想，你明明跟我待在一起，居然還一直盯著這種破紙？」

「……」

「你說，你是不是故意想引起我的注意？」

「不是。」

說完，我才倏然意識到自己下意識脫口而出的反駁似乎觸碰到了某種禁區，忍不住皺起眉頭。果不其然，他低聲笑了笑。

「不然是為什麼？因為這個比我更重要？」

該說些什麼才好？我直覺地感受到，無論我說什麼都無法消除他的怒火。平靜等待我回答的他，眼神倏然黯淡了下來。

「笑一個吧，我現在吃了劇本的醋，居然開始胡言亂語了。」

聽見這番自我調侃，我還是笑不出來，反倒是他露出深深的笑容，頰邊酒窩隱隱浮現。他一隻手臂掛在方向盤上，側身面向我。

陰暗的車內，傳來他冰冷的提問。

「來，你問我為什麼生氣，我已經回答了。接下來你打算怎麼做？」

他鬆開抓著劇本的手，轉而搭在我的肩上。莫名的戰慄自他觸碰的地方傳開，如電流般鞭笞著我的神經。或許是看見了他不帶笑意的黝黑瞳孔，才產生了那種錯覺吧，畢竟那雙眼睛裡總是毫無遮掩地承載著他的喜怒。我本想不管不顧地甩開他的手，直接下車，但雙手卻違背了大腦的意志，兀自開始動作——我靜靜拿起劇本，抓著紙頁上緣，在他面前將劇本從中間撕開。

嘶——唰唰——嘶——

我又反覆撕了幾次，才看著他的眼睛問道。

「要繼續嗎？」

他沒有回答，眼睛卻慢慢彎起，原本冷漠的瞳仁逐漸被笑意充盈。當我意識到氣氛終於不那麼逼人時，他卻說出了一句意想不到的話。

「真神奇，每次在我以為忍無可忍、瀕臨極限的瞬間，你都能若無其事地化解。」

今天早上收到他的簡訊後，在腦海中浮現的念頭，原封不動地從他口中說了出來。那是我的臺詞吧。我的內心倏然感到一陣慌亂，另一方面又莫名雀躍——原來我也會影響到神經病啊。不過，他接下來脫口而出的開心語氣，讓我再次愣住了。

「那我就拭目以待囉，看你要怎麼平息待會見到的那傢伙激起的怒火。」

待會見到的那傢伙？所以到底是誰？我剛跟著他下了車，便忍不住皺了皺眉，令人不安的因素似乎又增加了。由於一直專注於劇本，導致我根本沒發現，此處正是愛麗絲的迷宮。

即使經常在愛麗絲進出，我也只從正門進去過一次。可能這個原因，與神經病一同踏上的、通往地下的階梯顯得有些陌生。然而在階梯盡頭，等著為我們帶路的人卻是個熟面孔。

「歡迎光臨。」恰如其分低下頭的店經理，露出了待客用的笑容，「您好久沒來了，尹理事。」

他特別大聲地強調了「尹理事」三個字。我奇怪地盯著他看，神經病和店經理卻露出一副不以為意的表情，還沒等我看出什麼端倪，店經理便朝著某個方向伸出手。

「這邊請。」

隨後，我們跟隨他的腳步在走廊裡穿梭，並在分岔的路口一隅發現了某樣東西——有個人正躲在走廊牆邊鬼鬼祟祟地探頭探腦。我被突如其來的人影嚇了一跳，差點將髒話脫口而出。靠，嚇死人了。我壓抑著受驚的內心，確認了來者的身分。

想當然耳，此人正是愛麗絲的社長。此刻他正偷偷摸摸、瞇著眼睛觀察我們——準確來說是觀察神經病。眼前的景象簡直荒謬到讓人無話可說。即便相隔甚遠也能察覺的欣慰，正源源不絕從他盯著神經病的眼中湧出。這時，我才終於明白店經理此前大聲向神經病打招呼的用意，原來是為了告知等候多時的社長。

見到此情此景，我不禁懷疑起愛麗絲社長是不是自己懷胎生下了尹傑伊。到底誰會對自己的姪子那麼執著啊？我一邊在內心吐槽，一邊看向前方挺拔的身影。現在想想，那小子對我的執著也有點像跟蹤狂吧？不過算了，我也沒有很討厭……可惡。我一邊在內心咒罵，一邊抹去腦中無謂的念頭。

穿過如迷宮般蜿蜒的走道，我們抵達了其中一間包廂的門口。我注視著店經理先禮貌敲門再推開的動作，一邊想著激怒神經病的傢伙應該就在即將開啟的門後面吧？到底是誰，居然會想見我？

喀啦。

隨著門被推開，我的思緒驟然中斷。一方面是包廂內的人確實令人始料未及；另一方面，則是從裡面衝出來的人正激動地大喊大叫，讓我根本無暇思考。

「呃啊啊！以此喝應！以此喝應！終於見到面了！」

蹦蹦跳跳衝過來、大喊中還夾雜著我聽不懂的英文的人正是耐停。是那個我去救面善男時，一起被關在地下室的少年。他為什麼在這裡？就在我驚訝地愣在原地時，他對裡面一個五十幾歲男人指著我，說了些奇怪的話。

「爹地！優諾花特？矮偷酒，矮非油尹漏芙五以似噁蓋欸特福思特賽特！類此喝應！（Daddy! You know what? I told you I fell in love with a guy at first sight! That' s him!）」

他到底在說什麼？我能勉勉強強猜到的，就只有他一開始說的「爹地」。那應該是爸爸的意思吧？如同佐證我的想法，那名五官神似耐停、一臉疲憊的五十幾歲男人朝我走了過來。

其實這些都不重要，問題在於神經病。眼前嘴角勾起的他，眼神卻比任何時候都還要冰冷。似乎是我沒聽懂的那番話，不知道哪裡刺激到神經病了。

媽的。我皺眉看向耐停，而他也直盯著我，表情欣喜若狂。在我只聽懂一個單字的那句話當中，店經理似乎敏銳地抓住了某個詞彙，只聽仍站在門口的他喃喃自語，挑起了一邊的眉毛。

「……漏芙？」

那一刻，我的不安更為強烈了。雖然不知道「漏芙」是什麼意思，但看見店經理急忙轉身從走廊快步離去的背影，一股不祥的預感瞬間將我籠罩。我懷著沉重的心情再次看向前方，在心中質問著被神經病擋住無法衝上前、只能原地搖頭晃腦的耐停——你他媽到底說了什麼？

「真的很感謝你救了我兒子。」

我對低著頭的耐停爹地搖了搖頭，表示不用客氣，並坦率地直言。

「我本來並不打算拯救令郎。」

我只是陰差陽錯順便救了他而已。聽見我直白的回答，他似乎有些尷尬，忍不住「咳咳」地清了清喉嚨。我冷眼看著坐在爹地旁邊的耐停。也不知道他在開心什麼，只見他雙頰通紅，激動的情緒溢於言表。但一和我對到眼，他卻又悄悄放低目光，讓人完全搞不清楚現在到底是什麼情況？儘管這天已經重複過無數次，我依舊忍不住在心中默念——感覺不妙。

「但以結果來說，李泰民先生還是拯救了我的兒子。而且我記得你也傷得不輕，還住院一個多月。要是沒有你……呼，我兒子被那些傢伙抓走，後果不堪設想……」

「我要再次強調。」我打斷他的話，再次重申：「我當時完全沒有要救令郎的意思，我的傷勢也與令郎無關。」

「可是……」

「那天，倒在地上的令郎開口求救的時候，我心想——」我瞄了眼終於收起笑容、不停眨著眼睛的耐停，繼續說：「如果他不自己站起來跟上，我就會拋下他離開。所以並不是我救了他，純粹是他運氣好，憑借自己的意志抓住了機會。」

爹地只是一直靜靜凝視著我。即使我沒禮貌地打斷他兩次，語氣還一板一眼的，他臉上依舊沒有顯露任何不悅，反倒流露出些許好奇。在一旁輪番掃視我和爹地的耐停小聲地向他問話，立刻被爹地嚴厲斥責。

「凱文，我說過在韓國只能講韓文了吧？」

耐停噘起嘴巴，馬上又用韓文再次詢問爹地。

「泰民在說什麼？我都聽不懂。」

「咳，要稱呼人家為『泰民先生』才對。」

再次指責他的爹地，對兒子的半語不以為意，親切地解釋了一遍我剛才說過的話。耐停「嗯嗯」幾聲之後，認真點了點頭。看來爹地對耐停確實十分寵愛。

也對，所以他才會動用關係，要尹理事讓耐停見我。在這種過度溺愛中長大，他大概是為了當藝人才會擅自逃家吧。我的目光暫時從父子倆身上移開，這才看見坐在我旁邊的人。殊不知一轉頭，就聽見了神經病低沉的耳語。

「你正在想嗎？」

「想什麼？」

他挪動目光，露出了酒窩。

「讓我消氣的方法。」

你到底在生什麼氣啊？我本想好好問清楚，卻因為爹地向神經病搭話而錯過了開口的時機。

「話說回來，還沒向尹理事自我介紹，感謝你特地安排這次會面。可能是老年得子的緣故，只要這小子撒嬌耍賴，我就拿他沒辦法。呵呵，遭遇了那種事，臥病在床的他卻還是吵著要找救命恩人，真是……」

他笑著搖了搖頭，嘆了口氣。

「唉，但還是比他離家出走、差點慘遭毒手來得好。所以說——」含糊其辭的他瞄了耐停一眼，清了清喉嚨，「一想到這小子闖的禍，我應該直接帶他回美國才對，但即使遭遇那種事，他還是想繼續留在韓國……咳咳，雖然我不太喜歡你們經紀公司……」

「朴社長。」

開口打斷爹地的尹理事看著耐停，勾起嘴角，眼中卻沒有任何笑意。

「你好像誤會了什麼，令郎沒有和我們公司簽約，當然也不是我們旗下的藝人。」

「啊！可是……」吃驚的他又清了清喉嚨，再次強調：「帶走我兒子的是你們公司旗下的藝人，我兒子說他是前輩。對不對？凱文？」

耐停點了點頭。

「嗯，是一個糟糕的前輩把我帶走的。他要我叫他前輩，還說過一陣子就會真的成為我的前輩。」

「你看吧，他說過一陣子就會真的成為前輩，所以要他叫……什麼？」爹地錯愕地轉頭看向兒子，「過一陣子……就會成為前輩？」

即使父親的表情已徹底僵硬，不懂事的兒子仍不以為意，反倒不耐煩地開口。

「嗯，他騙我說只要跟著他，就可以加入公司。唉，別再聊那個壞蛋了。」

耐停一邊說著，一邊拿起沒人吃的水果塞進口中。我望向爹地，現在該狠狠修理他了吧？然而，臉色慘白、眉毛不斷抽動的他，最後只是自暴自棄地嘆了口氣。

「我實在沒臉面對尹理事，抱歉，那就需要另外簽約了。」

「你指的是簽什麼約呢？」

聽見神經病溫柔的語氣，爹地的表情也柔和了起來。

「既然我們凱文堅持要當藝人，我想幫他圓夢。而且他說想待在夢想旗下。」

這次換我的表情僵住了。兒子被綁架，還差點慘遭毒手，卻要繼續讓他當藝人？我簡直要懷疑兒子是不是他親生的了。不過，看他臉上顯露的疲態，頗似父母拗不過固執孩子的無奈。

「既然我這個家長在場，現在就把正式合約……」

「不。」冷漠打斷他的神經病，露出更加溫柔的笑容。「我們不會和令郎簽訂正式合約，麻煩去委託其他經紀公司，或帶他回美國吧。」

他不留情面的拒絕，讓爹地徹底慌了。

「哎喲，我們家的孩子哪裡不好了？」

「他毫無商品價值可言。」

神經病通常會維持表面上的笑容，盡量禮貌地回應，稱人為商品的冷漠言論不太符合他的作風。這番評價連我都忍不住瞄了爹地一眼，而身為當事人的兒子，即使旁人正談論自己，他的注意力卻還是放其他地方——也就是我的身上。只見他就像要在我身上看出一個洞似的，眼睛眨也不眨地直盯著我看。

儘管他的眼神令人反感，我卻只顧著思考其他更重要的問題——我完全搞不懂神經病生氣的原因。耐停只是認為我救了他，所以想當面向我道謝，難道不是嗎？那他為什麼要生氣？就在這時，坐在對面的耐停靦腆地呼喚了我。

「泰民。」

「加上『先生』。」

我面無表情地指責後，他趕緊點點頭。

「嗯，知道了，泰民先生。」

「……」

「這樣可以了吧？」

臭小子，到底哪裡可以了？我再次望向努力想說服神經病的爹地，心想問題果然出在家長身上，放任小屁孩說半語……這才想到，神經病也是隨興地接受我說半語。儘管愛麗絲的社長和店經理說那是寵愛我的表現，我卻一直沒有什麼感覺，直到聽見小屁孩對自己說半語，才終於感受到他的用心。等等，難道神經病也和爹地一樣，懷有一種為人父母的心情嗎？這時，耐停又再次呼喚我。

「泰民先生。」

我反問了句「幹嘛」後，拿起裝著茶的杯子。這才發現，這間包廂好像不是喝酒的空間，反倒更像咖啡廳。也對，這個氣氛也不適合跟那對父子喝酒，我們根本沒什麼話好說……

「泰民先生，男人你也可以嗎？」

「……」

拿到嘴邊茶杯猝然一頓。我眉頭緊鎖地看向他，而他再次紅著臉問我。

「你討厭 Gay 嗎？」

我僵硬地放下手中的茶杯，本來在一旁交談的兩人也倏然沉默了下來。我不禁懷疑，坐在旁邊的那個人難道真的是他的養父嗎？爹地其實是他的金主吧？居然在自己的父親面前，若無其事地問男人可不可以，還說什麼 Gay？果不其然，爹地的表情尷尬到了極點，最終轉為一片慘白。

相較之下，那小子神速的恢復能力簡直令我大為震驚。離他差點慘遭瘋狗毒手才不過一個月，怎麼有辦法那麼天真地問出這種問題？因為過於傻眼，我根本沒猜到耐停問題背後的意圖，直到神經病帶著笑意的聲音從一旁傳了過來。

「李泰民先生，請你回答一下，他在問你男人是不是也可以耶。對你一見鍾情的凱文好像是 Gay。」

一見鍾情？直到這時，我才終於明白神經病為何動怒、耐停為何臉紅，爹地又為何露出尷尬的表情。唉……怎麼會有這種鳥事？只可惜，不祥的預感似乎不僅止於此。

得知耐停對我一見鍾情後，我整個人如坐針氈，開始對耐停的一切反應感到抗拒。而越是那樣，神經病的笑容就越令我心底發寒。除此之外，爹地似乎想僵持到神經病簽下自己兒子為止，一直死纏爛打地嘗試說服他。最後我忍無可忍，猛然站起身，見狀，耐停也趕緊跟著站了起來。

「泰民先生，你要去哪裡？」

他矮了我一截，且因身材纖細看起來十分嬌小，不過他看著我的眼睛卻如手電筒般閃閃發亮，反倒讓我不自覺退了幾步。

「廁所。」

說完後，我準備迅速離開，他卻也跟著動作。

「我也要去。」

聽見他的回答，我差點沒忍住朝他腦袋狠敲下去的拳頭。看著滿臉通紅的耐停，明明欠揍的是他，為什麼總感覺準備遭殃的人是我？將這莫名的不安拋諸腦後，我的大腦開始飛速運轉。要是我說不行，他說不定會和爹地一起來煩我，於是我指著包廂角落，開口說道。

「你數到十再出來。」

不等他回答，我立刻奪門而出。一走出包廂，彷彿埋伏在某處的店經理突然冒了出來。

「要為您帶路嗎？」

我被他突如其來的登場嚇了一跳，但一想到在包廂內倒數的耐停又趕緊開口求援。

「我要去廁所，那個小屁孩待會就要出來了，他……」

「我帶您去其他地方。」

店經理果然機靈。我跟著他的指引，迅速移動到離包廂較遠的廁所。抵達無人的安靜廁所後，積壓在心頭的鬱悶和不安才終於一掃而空，讓我鬆了口氣。好累啊。我站到洗手臺前，疲憊地擺動發出喀嘎聲音的頸項，想放鬆一下緊繃的肩頸。

媽的，要不我乾脆直接落跑算了？反正神經病應該不會真的把耐停簽進公司，我也不會再遇到他，如果現在直接閃人……嚇！在我不經意看向鏡子的瞬間，心臟彷彿被狠狠重擊了一下，怦地直往下沉。光亮的鏡面中，倒映著廁所的隔間，其中一間的門微微敞開，有個人正從裡面窺探著我。靠，難怪店經理這麼機靈地帶我過來這裡。

「社長。」

我咬牙切齒地喊了一聲，並同時轉過身，瞇眼盯著我看的社長這才推開廁所的門走了出來。接著，他冷不防地開口。

「不准劈腿。」

「誰？」

我強忍著不耐煩，然而社長卻沒有放鬆警惕，反而更加肆無忌憚地上下打量我。

「你跟凱文是什麼關係？」

「什麼關係都不是。」

只相信自己第六感的社長「嗯哼」了一聲，再次追問。

「可是我聽說凱文 Love 百元？」

Love？他什麼時候說過……那瞬間，我想起了店經理離開前呢喃的某個單字。啊，原來「漏芙」就是「Love」啊。一股忿忿的怒火倏然湧上，耐停這小子明明在美國生活，怎麼連英文發音都不標準啊？可我也沒辦法發洩怒氣，只因觀察力只在多餘地方敏銳的社長正監視著我。果不其然，他馬上出聲質問。

「嗯？你剛才動搖了，你動搖了對不對！」

「對。」

根據過往經驗，我知道否認只會落得更慘的下場，所以乾脆點了點頭，對著正要大喊「你果然劈……」的社長解釋。

「因為對社長感到很失望。」

「失望？」

「你懷疑我，我當然會失望了。」

社長提高音量，而我也跟著大聲了起來。

「可是我聽說凱文 Love 百元！」

「那只是他單方面的說法，我不 Love 他。」

「那只是你單方面的想法，你敢保證要是凱文撲上來勾引你，你不會被他迷倒嗎？」

火氣逐漸上湧，我不自覺提高了音量。我哪可能被那種傢伙迷倒？

「我不會被他迷倒。」

「那你給我一個明確的保證！我已經錄音了……」

「到底要保證什麼？該死，我會喜歡到發情的人就只有尹傑伊，還要我解釋什……」

「……」

「……」

迴盪著兩人聲音的廁所忽然陷入一陣寂靜。社長被我的吶喊驚得啞口無言，我也被他的發言嚇得閉上嘴巴。只不過，我們的表情恰恰相反。

「你剛才說……會喜歡到發情的人只有傑伊，對吧？」

看著社長逐漸燦爛的笑容，我倏然愣住了。

「社長剛才是說……你在錄音？」

即使聽見我犀利的提問，社長還是充滿活力地從口袋裡掏出手機。

「嗯，我都錄下來了，呵呵，沒想到會聽到這麼令人開心的消息。」

該死。我把即將脫口而出的咒罵吞了回去，從牙縫擠出一句反問。

「為什麼要錄音？」

「因為蒐集劈腿證據時，錄音是最好的方法啊。等等，是說……」

我對於暗中瞧不起社長這件事感到十分懊悔。他不僅第六感在沒用的地方特別神準，居然還如此心思縝密。此時此刻，他那毫無用處的敏銳直覺更是大放異彩。他看著藏不住表情的我，一口氣戳破我的窘境。

「啊啊！你剛才是第一次說出來！」

我要瘋了。但無論我的表情冷漠與否，社長顯然都興奮到了極點。

「呵哈哈哈——我要趕快播給傑伊聽！一想到傑伊會開心地叫我叔叔，我就已經迫不及待了，呵呵！」

什麼？你要趕快怎樣？我一把抓住準備跑出廁所的社長，只見他滿面春風地回頭看我。

「怎麼了？」

「不可以。」

「什麼東西？」

我望向社長手上的手機，他的表情立刻變得扭曲。

「為什麼不可以？」

問句雖短，他瞪著我的目光卻藏著明顯的不滿——這是我可以討好傑伊的大好機會，你幹嘛阻止我？見他一副不管我怎麼解釋，都要推開我衝出去的模樣，坦白說，比起被瘋狗捅了一刀，我反而覺得現在才是更大的危機。

「尹傑伊會失望。」

聞言，本來打算抽出手臂的社長停下動作，轉頭看向我。正當我暗自慶幸這招好像行得通時，就聽社長凶巴巴地質問。

「傑伊聽到你的告白，為什麼會失望？」

「……」

「百元，要是你敢騙我……」

眼見他的表情即將再次變得猙獰，我急中生智，下意識開口辯解。

「就像你說的，那是告白。」

我看著「嗯？」了一聲、眼中浮現問號的社長，淡淡地接續說道。

「如果沒有親耳聽到，而是透過其他人播放的錄音，他一定會很失望吧。」

社長愣怔片刻，思索著我此番言論，最後終於輕聲開口。

「喔。」

呼。我在內心偷偷鬆了口氣，並鬆開他的手臂。我故作若無其事，後退一步繼續說道。

「而且你也很清楚傑伊的個性吧？他一定想聽我親口告白。」

加上最後的關鍵，社長猛然用力握住我的手。

「沒錯！抱歉，是我想得不夠周到。」

儘管很想甩開莫名其妙開始自我反省的社長，但只要他打消那個可怕的念頭我就知足了。

「那請你刪掉錄音吧。」

「那可不行。」

「為什麼……呢？」

半語下意識地脫口而出，我趕緊補上句尾的敬語，但沉浸在自己思緒中的社長似乎沒發現，反倒露出燦爛的笑容。

「我要留作紀念。」

「……」

「哈哈，別擔心，我不會給傑伊聽的，只會自己留著欣賞。」

幹，你也不准聽。激動的怒斥來到舌尖，我深吸幾口氣，才堪堪忍住即將脫口而出的咒罵。

「社長，請把錄音刪……」

「對了，你什麼時候要進行？」

進行什麼？聽見我的反問，他露出不懷好意的笑容，用手肘頂了頂我的胸口。啪的一聲，強勁的力道從胸口擴散，我努力穩住身形，眼帶憤怒地看著他。而他卻滿面笑容，根本沒發現自己差點撞斷我的肋骨。

「還能是什麼？你什麼時候要告白？」

「……」

「今天？今天嗎？」

「不是。」

我回答後，他立刻露出失望的表情，又馬上恢復原樣。

「明天？明天嗎？」

「不是。」

「嗯？那是後天？後天嗎？」

「不是。」

他臉上的興奮逐漸消失。

「難道是大後天？」

詢問的同時，他亦抬起了拿著手機的那隻手。這威脅意圖明顯的動作，的確效果顯著。

「過一陣子。」

我苦澀地盯著逐漸遠去的手機，無法給出其他回答。這時，又聽他問道。

「為什麼不馬上告白？」

我抬起頭直視著他。煩躁的情緒已瀕臨極限，我懷著即使被拆穿也無所謂的心情，咬牙切齒地說道——

「因為我會害羞。」

以結果而言，社長又被我的謊言感動了一次。我以極度彆扭的姿勢與扭曲的表情解釋自己會害羞，社長居然毫無懷疑地接受了。在廁所與社長對峙才不過五分鐘，感覺卻比和耐停一起在包廂受折磨的時間還漫長。

而更糟糕的，是社長與我分別時說的話。他說自己會盡力幫助我順利告白，便開開心心地跑出廁所。唉，怎麼一出院就諸事不順。我嘆了口氣，自暴自棄地離開了愛麗絲的迷宮。如果要罵我中途落跑很沒禮貌，那就罵吧。

我走出愛麗絲的大門，漫無目的地在街上走著。即使努力維持少量運動，一直在病房裡躺著似乎還是讓身體習慣了鬆弛的生活。見到一群令人頭痛的人們，讓我的精神感到萬分疲憊。直到抵達距離不遠的公車站後，我才傳了簡訊給神經病。

——說我已經先走了。

我將手機放進口袋，在指示牌上尋找開往神經病住處的公車。在逐一查看一長串公車號碼與底下的路線圖時，手機收到了簡訊回覆。我繼續盯著看到一半的指示牌，順手掏出手機。接著，當我準備打開手機查看訊息時，目光卻被最底下的公車路線圖吸引了注意。我默默凝視著路線圖上的某個公車站片刻，這時，手機又震動了一下。

——等我。

接著，是一封「二十分鐘就可以徹底搞定」的簡訊。大概是沒辦法直接擺脫耐停的爹地吧，畢竟他一開始也沒推掉這次見面。雖然那個「徹底搞定」令人十分在意，但我想應該是徹底說服對方放棄的意思，便沒再多想。

他應該會和簡訊中說的一樣，在二十分鐘後順利脫身，那我只要在這裡稍等一下，再舒舒服服坐上他的車離開就好。不過，再次抬起頭的我就像被磁鐵吸引般，目光牢牢鎖定在稍早看見的指示牌上。

周圍的人群倏然開始移動，好像是公車要進站了。幾個人站在原地，幾個人則是來到人行道旁。我也跟著轉身，看向從昏暗夜色中駛近的公車。幾輛公車接連駛入站牌，我看著最後一輛公車，不由自主地挪動腳步。在我成為最後一個上車的乘客後，公車便搖搖晃晃地開始行駛。顛簸的震動驀然傳來，我抓住扶手穩住身形，無意間抬起的視線再次看見了貼在窗戶上的公車路線圖。

過了五年，公車站牌依舊沒變……那個地方是否也依然如故？

XX洞 洞事務所

我自認記憶力不差，下了公車卻像個來到陌生地方的旅客，不停地四處張望。此時已鄰近半夜十二點，儘管四周被昏暗的夜色籠罩，依然能看出有些風景已迥然不同。

原本在遠方的天橋不見了，公車站附近的超市也變成餐館。在大致確認了周圍環境後，我朝著某個方向邁步前進。此處大多是住宅區，我稍稍往上，走進了一條人跡罕至的巷弄。

略顯熟悉的道路，讓兩旁早已事過境遷的景色逐漸從我眼中淡去。這條巷弄依然如故，它延伸的長度、寬度，甚至是蜿蜒的曲折都與記憶中別無二致。再走一段到轉角之後，如果繼續往前，就會出現一條小小的兩線道。走過未設有紅綠燈的道路，我繼續往裡走去。

夜色將一切渲染得一片昏暗，所有景物卻如同夢境般，在我眼中異常清晰。那條我曾不顧一切拔腿狂奔、根本無暇仔細探究的道路，即使此刻被淹沒在黑暗之中，反而比彼時更加清晰。或許，是我放慢了腳步的緣故吧。

不過，不必奔跑的現實，讓我的內心倏然一陣乾涸。帶著些微恐懼的煩悶似要將五臟六腑的血液徹底榨乾，這種令人窒息的焦渴或許就是身處於現實的代價。第三次彎進巷弄，我和在夢裡一樣停下腳步。只不過，沒有人在那裡等我。

喀噠，喀噠。

我朝著舊住處附近的電線桿走近，猝然意識到自己是時隔五年第一次回到這裡。現在回想起來，即使這五年間開著貨車拚命賺錢，卻神奇地從來沒有經過這一帶。

那並非刻意為之，畢竟我為了賺錢而換來換去的住處，距離這一帶也沒多遠。如果真想逃避，我早就搬到首爾另一邊去了。當時的我根本無暇顧及這些，那如天文數字般的巨額債務就足以壓得我喘不過氣。

但就算真的無暇顧及，如果曾經經過這一帶，我定會停下腳步。沒想到距離之前住處不到十分鐘路程的地方，過去五年我居然未曾到訪？彷彿此處被名為命運的剪刀裁剪了下來，徹底從我的人生中消失了一樣。

嗡嗡。

口袋裡的手機在寧靜的夜晚倏然響起，我站在五年前遇見弟弟的地方接起電話。即便沒有認真確認，我也已經知道對方是誰了。

『你在哪裡？』

隱晦的怒意在他不經意透出冷漠的聲音中流淌。自從收到他要我等待的簡訊已經過了一個小時，而他此前撥出的電話我也沒接到。公車的顛簸將手機的震動覆蓋，直到下車前我才發現有兩通未接來電。我本該主動聯繫他，卻在下車看見周遭景物的那一刻，將這件事忘得一乾二淨。

照理來說，接起電話理應先開口為自己辯解，然而我卻沒能那麼做。我知道自己應該向生氣的他解釋，可思緒彷彿跟著空無的內心一起乾涸，讓我無法做出任何反應。被從人生中剪下的，或許也包含了我的過去，說不定此刻站在這裡的我，亦已被時間徹底遺忘。

「XX洞一〇二號。」

如此回覆後，電話那頭傳來一陣沉默。我等了一會兒，又接著說。

「要來嗎？」

這次不必等待就聽到了答案——冷漠褪去，一句略顯訝異的「等我」從電話另一頭傳了過來。接著，通話便掛斷了。我握著手機，乖乖站在原地等他，畢竟我也無處可去。等待的過程十分枯燥乏味，我忍不住在原地來回踱步。在這彷彿被遺忘的空間中，我幾乎感覺不到時間流逝，直到腳步聲自身後傳來，我才再次抬起頭。看見神經病的身影，我才倏然意識到距離通話結束已經過了一段時間。

他緩緩走近，一邊環顧四周，一邊開口問道。

「這裡就是要讓我看的地方？」

我沒回答，而是指向距離不遠的老公寓。

「我之前住在那裡的四樓。」

他往我指的地方看了一眼，嫌無聊般詢問。

「跟宋明新一起？」

「對，住了兩年左右，直到他把錢都拿走為止。」

這次我指著眼前的電線桿，繼續平靜地開口。

「我弟就是在這裡被刀捅死的。」我回頭瞥了一眼，「我當時站在那裡，沒看見凶手拿刀從後面衝過來。」

我再次看向前方，聲音如朗讀書本般僵硬。

「行凶的刀非常大。比手掌還長的菜刀，被整把插進腹部。要一口氣捅到底其實很難，但從後面衝出來的傢伙已經被怒火沖昏頭腦，一次就將刀徹底插了進去。因為凶器太大了，沒有傷到內臟的幸運並沒有降臨，紅色的血從被撕裂的傷口不停流出，救護車抵達前，弟弟就不幸身亡了。他大概只多活了一、兩分鐘。」

被刀刺中時，若能立刻死去就好了。因為我知道氣若游絲的那一、兩分鐘對弟弟來說有多麼痛苦。弟弟躺在骯髒又冰冷的柏油路上，被痛苦折磨著直至死亡降臨。

「是第一次嗎？」

什麼？我小聲咕噥了句，他冷淡的聲音摻雜在空氣中。

「你來到弟弟遇害的地方。」

我抬起凝視著黑色柏油路的目光。

「對。」

「為什麼要來？」

「碰巧看見公車路線，就想過來看一看。」

——想看弟弟會不會像在夢裡一樣，站在這個地方。

我把這句奢望吞回腹中，給出了另一個答案。

「因為我以後不會在你這傢伙面前哭了。」

聽到我的回覆，他終於露出今天第一個真誠的笑容。

「不可能吧，我一直期待把你幹哭。」

抵達他家的時候，已經超過一點三十分了。一坐到熟悉的沙發上，一股疲憊頓時襲來，讓我不堪重負的眼睛輕輕闔上。不過，我顯然還不能休息。這漫長的一天還要進行最重要的收尾——應付一天只睡幾小時就精力充沛的怪物小子。

啪啦。他坐到沙發另一邊，語氣生硬地問道。

「方法是什麼？」

我睜開疲憊的雙眼，本想反問一句「什麼方法」，卻在看到他的瞬間明白了他的意思。之前前往愛麗絲時，他就期待著我讓他消氣的方法。這樣說來，他大概在見到耐停前就知道對方為什麼想見我了。看著面帶笑容凝視著我的他，我反而懷念起指控我劈腿的社長。

我也被搞得很煩。為什麼我要因為耐停的一廂情願負責消除他的怒火？而且我好睏啊，不如你自己想辦法消氣吧，臭小子。想要躺平的渴望充斥大腦，我真的很想就這樣不管不顧地開口反駁。不過，這小小的反抗卻在他的笑容中消失得無影無蹤。

「沒有的話，就只好拿出用過的方法了。」

用過的方法？模糊的記憶隱約浮現，他卻先一步開口解釋。

「像你撕劇本一樣，把那個小鬼也撕成碎片。」

聽到他如玩笑般的建議，我實在笑不出來。在住院期間累積的疑惑一直被我默默放在心裡，沒有進一步深究。我不想打破復仇結束的安穩，於是像個膽小鬼般無視了一切。是他殺死金會長的嗎？不，應該是他在背後操控別人動手的吧。

「我問你。」睡意已然徹底消散，我直視著他，開口問道：「殺死金會長的女人，你本來就認識嗎？」

突然轉變的話題，並未讓他顯露驚慌神色，反倒輕易給出了答案。

「不認識。」

正當我以為自己猜錯時，他又繼續說道。

「我認識她的兒子。」

「……」

「還想問什麼？」

那你從一開始就知道她兒子會身負巨額債務，再被金會長選為祭品嗎？最後的電擊棒也是你……

「問吧，我全都會告訴你。」

他若無其事地莞爾一笑。最近他在我面前時常展露的自在笑容，在這種情況下也沒有消失。我相信，他是真的會向我坦承一切，哪怕那些真相將使我心生畏懼。

我倏然有些疑惑。那純粹是他慣於享受對方痛苦的殘忍本性嗎？又或者，其實是因為我？和我因為是他，才讓他去到那個地方一樣。這時，我忽然很想確認一件事——神經病這傢伙是不是比想像中更了解我啊？

「那你告訴我，我踏進這間房子，卻沒有任何焦慮不安，不覺得很奇怪嗎？」

問完後，我環視著和自己身分不匹配的高級公寓內部。

「我從未接受過任何人的幫助，未來也不打算接受，所以一直蝸居在考試院。可是我利用你出的醫藥費厚顏無恥地住在特等病房，聽見你叫我來你家，也沒有感到抗拒。不覺得這很不像我嗎？就算你再怎麼讓我心動，我的自尊心也不至於完全消失才對。」我挖苦似的調侃：「你大概不知道，我有可能是不把你的錢當錢、還大肆揮霍的庸俗之人。」

要是他臉上的笑容隨之消失，我內心或許會痛快一些。沒想到神經病這傢伙反而露出更開心的神情。

「那你就揮霍啊，我把所有財產都給你，不對，那樣反而更有趣，因為可以透過物質方面綁住你。」說罷，他收起笑容，冷漠地繼續說道：「不過，你不是為了這個才來的吧。這次換你回答了，要是這裡比考試院還不如，你就不來了嗎？」

我沉默片刻，只聽他用原本的聲音開口。

「對你來說，地點根本不重要吧？無論我為你安排的是不是特等病房、我住的地方是不是高級公寓，你都無所謂地接受……」

他直視我的眼神讓人有種如坐針氈的感覺，我差點下意識迴避他的視線。也或許，是他冰冷陰沉的語氣加重了那種無形的壓迫。

「你好像以為，自己隨時都可以輕鬆離開。」

我沒有刻意否認，只覺得承受他的目光很麻煩。

「所以要是你想花我的錢——」片刻過後，他恢復稀鬆平常的神色，打量著我的衣服，「應該學會先改變自己。」

我原本只是試探性地詢問，沒想到他真的非常了解我。不過，他的話一如既往令人不甚愉悅。

「你到底是在哪裡買到那種草蓆的？」

「……」

「你的眼睛有什麼問題？」

這小子到底在講什麼屁話？我打量著他的穿著，很想反嗆一句「你覺得自己就穿得很好看嗎」。然而，他的穿著確實沒有什麼可以挑剔之處。無可奈何之下，我只好另闢戰場。

「你的眼睛一定有問題。」

雖然如我所料行不通，但他似乎上鉤了，嘴唇往旁邊勾起。

「證明給我看。」

「證明什麼？」

「你不是說我眼睛有問題？那你就證明自己的衣服不是草蓆啊。」

那種事要怎麼證明？在對話過程中已然睡意全消的我，不知不覺擺出了防備的姿態。

他好像很享受我的反應，慵懶地說道。

「你要證明穿著這件衣服的你，對我來說極具魅力。」接著，他用不知不覺暗下來的眼神，由下而上緩緩打量著我，「那樣我就不跟你計較那個小鬼搞得我很煩的事。」

「……」

「做不到也無所謂，因為我會撕碎那件礙眼的草蓆，把那個小鬼帶來的煩躁發洩在你身上。坦白說，我也比較偏好這樣。」

不知為何，腦中倏然想起醫生叫我別逞強的忠告。我內心大感不妙，雖然之前認真運動也沒怎樣，但總覺得要是他真的撲上來，傷口肯定會再次裂開。尤其是看見他徹底被欲望浸染的眼睛，更加證明了我的擔憂。

「對了，雖然晚了點，但恭喜你出院。」

他帶著笑意的祝福，反倒令我脊背發涼。或許是除了每晚到病房貼著我睡之外，他並沒有更進一步動作，讓我因此放鬆了警惕，以為這小子至少在我傷口痊癒之前都不會碰我。

我也知道自己實在太過天真。我瞄了他的下半身一眼，不由得開始煩惱。「可不可以用口交代替」的提議在腦中一閃而過，卻又立刻打消了念頭。要是動不動就說想幹我的傢伙貼在身邊，忍住不採取任何行動，過了一個月才爆發……

「沒辦法決定嗎？」

慢條斯理的提問彷彿暗藏鋒利的刀刃，一股如芒刺背的恐懼倏地躥上大腦。我抬起目光，強作鎮定地開口。

「我還沒痊癒。」

「誰叫你自己要受傷。」

「我知道，臭小子。」

不就是因為你讓我的傷口裂開，才害我住院更久的嗎？我忍不住瞪了他一眼，皺起眉頭，不情不願地開口。

「我用嘴幫你。」

「那是當然的。」

什麼？我差點咒罵出聲，卻還是猶疑不定地挪動目光，用微小的音量繼續說道。

「在那之前，我先讓它硬起來。」

預期中的回應並未傳來，我抬起頭，發現他正面無表情地盯著我。

「你要怎麼做？」

「讓你……看。」

我的聲音更小了，他卻聽得一清二楚，甚至還噗嗤一笑。

「也對，你在飯店一直掛在我身上，我都沒看清楚。」

他莫名從容的調侃讓我有些惱怒。

「就是因為這樣你才想看，不是嗎？」

厚著臉皮挑釁後，他看著我點了點頭。

「對。」

聽到他乖乖附和，我反而對自己的行為感到有些難為情，於是側著頭撇開視線，並趁他再次開口前向他提出要求。

「所以你要說你這樣就會滿足。」

暫時垂下目光的他似乎想起了什麼，露出不祥的笑容，再次點了點頭。

「好。」

接著，他悠哉地靠坐在沙發上，命令般開口。

「不過，你要好好讓我看清楚，讓我硬起來。」

聽見這番話，我感覺自己就像舞臺上的雜技演員。話又說回來，表演走鋼絲說不定還比較好呢。

「先說好，要是你之後敢用這件事嘲笑我，我真的會宰了你。」

我惡狠狠地說著，試圖排解不像我會出現的羞澀。不過，即使我沒有出聲警告，他凝視我的目光也並未帶有任何嘲諷，眼神真摯得令人十分不自在。我逃避般低下頭，雙手交叉抓住T恤下緣，將衣服往上掀過頭頂。

接著，我甩掉勾住雙臂的衣袖，將衣服捲成一團丟到地上。上半身裸露的肌膚上，除了一塊巴掌大的紗布外，還留有一堆和瘋狗一伙人打架時受的傷。而且我的身材偏瘦，不是最近流行的健碩身形，儘管比那小子矮小並不是什麼難為情的事，我依舊不敢抬起目光。

「呼。」

我不自在地喘了口氣，將右手指尖挪到下腹，隨後便停下動作。目光在指尖上停留，我反覆在心中說服自己「這裡只有我一個人」。接著，手指繼續往下，很快碰到了牛仔褲冰冷的金屬鈕釦。

用大拇指與食指解開鈕釦後，褲頭稍微鬆開了一些。隨著拉鍊發出的聲響，露出了剛好可以將手伸進內褲的寬敞空隙。我將手伸進與肌膚緊緊相貼的布料，握住自己仍然綿軟的性器。

老實說，我已經很久沒自慰了，也不記得上一次自慰是什麼時候。本以為過於陌生的行為會讓我有些不知所措，但我顯然多慮了。即使不斷自我催眠並無旁人在場，這小子的存在感依舊在鴉雀無聲的寂靜中格外鮮明。

無法忽視的炙熱目光緊盯著我的手，讓我意識到他的視線正牢牢鎖定在我身上。低垂的視線掠過因呼吸而不斷上下起伏的胸口，手也隨之開始動作。一開始是輕輕握住，隨後是搓揉般撫弄。

是他坐在正前方的緣故嗎？某段記憶不由自主地自腦海浮現——赤裸著身體在我身上愛撫的他、緊貼在背後的精壯肌肉、環過腰腹握住我性器的手掌，和濕潤吸吮後頸的唇舌。發燙的性器明顯地勃起，在我的後腰磨蹭。越是這樣，他握住我性器的手就越發用力。

不知不覺閉上眼睛的我，緊握著填滿手掌的性器開始套弄。

令人耳熱的片段記憶仍在腦海中載浮載沉——他緊貼在我身後，彷彿要灼傷肌膚的炙熱欲望在我腿間挺動，每當他的腰用力往上頂，滑動的龜頭便會摩擦會陰，帶來令人頭皮發麻的刺激。

我手上動作未停，莫名的空虛卻從後穴隱隱傳來。儘管未被觸碰，渴望被填滿的癢意依舊讓我異常焦躁。

「嗯……」

灼熱的呻吟從口中溢出，逐漸脹大的性器暴露在空氣之中。褪下內褲後，脫離束縛的雙手逐漸加速，套弄著越發硬挺的性器。隨之分泌出的清液沾染手掌，讓性器變得黏膩濕滑。

哈啊，哈啊。

喘息不絕於耳，我雙眼緊閉，低下頭，將注意力集中在瀕臨爆發邊緣的性器上。原本挺直的身軀陷入柔軟的沙發，赤裸的上身隨著下腹蔓延的熱氣逐漸升溫。開闔的唇逸散著夾雜呻吟的吐息，彷彿要融化大腦的溫度在難以抵擋的快感中節節攀升。不知從何時開始，渴望射精的軀體已然被欲望徹底支配。高潮將臨的同時，總感覺少了些什麼。我需要比那些記憶片段更為強烈的刺激。緊閉的雙眼緩緩睜開，我終於從無端的妄想中回歸現實——胸口劇烈起伏，上下滑動的手掌發出情色而黏膩的噗滋聲響。

「哈啊，哈啊……」

當聚集在性器的酥麻化為渴望射精的迫切，在爆發來臨之際，我抬起頭，看見了他眼中毫無遮掩、被欲望浸染的暗色。視線在空中相撞，那彷彿要將我吞吃入腹的獸性讓我的肩膀忍不住瑟縮了一下。

「呃——」

射精的同時，大腿與下腹不由自主地繃緊。顫抖尚未止息，白濁的液體已噴濺至胸口，又緩緩流了下來。然而，急促的呼吸無法立刻恢復平靜。我兀自沉浸在快感的餘韻中，直到一聲命令倏然傳進耳中。

「頭抬起來。」

混沌的大腦尚且無法思考，癱軟無力的身軀只能無意識地按照他的指令行動。呼吸漸趨平穩，身體終於從強烈的快感中恢復過來。我斜抬起視線，發現他正看著我，緩緩露出笑容，並粗魯地解開脖子上的領帶。

「你剛才在想什麼？」

「……」

我沒有回答，只是愣愣望著他的手。他將領帶丟到地上，把原本整齊的襯衫鈕釦一一解開。淺藍色襯衫逐漸敞開，露出結實的肌肉線條。他的手緩緩下移，解開了最後一顆鈕釦。不過，被襯衫遮掩的，並不只有他赤裸的胸膛。

喀嚓。

隨著清脆的金屬撞擊聲，在鬆開的皮帶與褲頭下，他的欲望已昂然挺立。

「在想我嗎？」

聽見他帶著笑意的提問，我剛抬起目光，他卻再次催促。

「是不是我？」

我依舊保持沉默，視線亦隨著他的動作再次下移。嘰——拉鍊被徹底拉開，薄薄的內褲下，碩大的性器顯露了出來。

「為了保險起見，我先確認一下。」

我慵懶地抬起目光，伸手抽了幾張桌上的衛生紙。在擦拭胸口沾到的精液時，聽見他問道。

「你有沒有讓別人看過你自慰？例如宋明新。」

我將胸口的黏稠擦拭乾淨，對他殺氣騰騰提起的名字微微皺了皺眉頭。

「沒有，這麼難為情的事，是要給誰看？」

說完後，他「嗯哼」一聲，再次露出笑容。

「真幸運。」

我把衛生紙揉成一團，小心翼翼地放在桌子邊緣，心想待會一定要記得丟進垃圾桶。確認好擺放位置後，我才再次開口。

「哪裡幸運？」

「可以繼續活下去的幸運。」

我僵硬地轉頭看向溫柔微笑的他。意識到他指的是明新，我頓時有些無言。在稍稍窺探了他的本性之後，我已無法再將之視為玩笑。然而，口出狂言的當事人卻如同閒聊般，一派輕鬆地將手臂搭在沙發椅背上，像國王一樣傲慢地坐著，用下巴指著自己的雙腿之間。

「跪好。」

我再次皺了皺眉，而一直盯著我的他，臉上則露出更燦爛的笑意。

「你不是說要幫我吹嗎？還是你覺得已經弄硬了，接下來可以換我動？」

聽見他這麼說，我只能不情不願地穿好褲子，從沙發上起身。好吧，聽醫生的話準沒錯。但即使跪坐在他面前，我依然無法輕易開始動作。他引領著我，將手覆在我的側臉，溫柔地撫弄著我的耳際。

「再靠近一點。」

抬頭瞥了他一眼後，我依照他的指令，更靠近他的腿間。抬起的手臂靠在大腿一側，我能明顯感覺到西裝褲底下結實的肌肉。我將另一隻手伸向他的褲襠，源源不絕的熱意自那仍被困在內褲中的性器傳來，將我的手心染上一片灼熱。難以名狀的焦渴從喉嚨深處迸發，我忍不住吞了一口唾沫。又隔著內褲撫弄了幾次後，原本撥弄著我頭髮的他，發出了下一道命令。

「脫下內褲，手握住。」

內褲被逐漸脹大的性器繃緊，手輕輕一拉就能輕鬆脫掉，尺寸比我還要可觀的性器就這麼彈了出來。掌心下發燙的欲望與此前完全不同，我有些無措地僵在原地，隨後只聽他溫柔地低聲說道。

「就這樣握著，用舌頭舔舔看。」

我輕輕點頭。因為距離極近，只要稍微傾身，嘴唇就能觸碰到濕潤的頭部。遲疑的舌尖輕輕舔過性器深紅色的頂部，怒脹的肉棒比想像中濕滑。我繼續伸長舌頭，在頂部畫圈，要將那令人有些畏懼的粗長含進口中並不容易。

對於我如同舔舐冰淇淋的動作，他的手好似讚美般輕輕揉弄著我的耳朵。與此同時，我的手也慢慢開始動作。掌心圈著欲望輕輕地上下套弄，灼燙的性器在我手中微微一顫。它還能繼續變大的事實，讓正要張嘴吸吮龜頭的我忍不住停下動作。一發現我的遲疑，他的手便不容反抗地壓住我的後腦勺。

「含進去。」

低沉微啞的命令倏然傳來，來自他的禁錮逼迫我張開嘴巴。無法吞嚥的口水將原本乾澀的性器變得濕滑，讓我能輕易送入口中。為了避免刮蹭到它，我用嘴唇包覆著牙齒，將它含進嘴裡。儘管只將頂部含入，我依然有種口腔被徹底填滿的錯覺。我努力想含得更深，卻只能像吃棒棒糖般含住不動。片刻過後，當我終於習慣了他的尺寸，便嘗試著吸緊了口中的性器。霎時間，一聲微喘倏然傳來，掌下的肌肉瞬間繃緊，原本輕撫著我頭髮的手開始用力，不再溫柔的聲音亦傳入耳中。

「再吸大力一點。」

聽見他的命令，我將頭壓得更低，更深地含住他的性器。原本溫柔的撫摸化作不容置疑的桎梏，讓我只能被迫以這個姿勢繼續為他服務。

隨著性器越發深入，瘦澀的下巴有些使不上力。

我的頭埋進他的大腿根部，潮濕的男性氣味自鼻尖隱隱傳來。不過，眼下我根本沒有餘力去管什麼味道。

漫溢的口水沾濕了他的性器，不停滑動的掌心也跟著黏膩不堪。不知從何時開始，在腦後壓迫的力道越發迅急，讓我也被迫跟著動作。握著根部的手仍在上下套弄，未被含進嘴裡的部分甚至還有半根以上。

口中的欲望逐漸深入，即便努力呼吸，我依然有些喘不過氣。不過，他顯然不打算放過我。粗長的性器不顧我意願地開始恣意挺動，略顯粗暴的動作讓我一時反應不過來。

「呃……唔……」

反胃的乾嘔在喉嚨裡翻攪，但被禁錮的頭部始終無法掙脫。

「哼呃……呃……」

塞滿口腔的堅硬肉棒不管不顧地來回頂弄，似要將肺部的空氣徹底抽乾。他大口喘著氣，口中說著我並不是很想聽到的稱讚。

「哈啊，幹，真爽。」

「嗚……嗯呃——」

握著粗長硬挺的手掌完全不敢鬆懈，深怕一不注意剩下的部分也會被塞進口中。劇烈的抽插讓原本放在腿上的手不住收緊，而他的腰腹亦同我的動作般迅急擺動。

「幹，哈啊……繼續，你可以的。」

我喘得上氣不接下氣。熱意在漲紅的臉上層層堆疊，過分粗長的性器在喉嚨毫無章法地頂弄，窒息的感覺斷續傳來，迷迷糊糊之間，我只能隨波逐流地配合著他粗暴的進犯。

在這樣的暴行之下，我沒昏過去簡直堪稱奇蹟。我一心只想著快點結束，就聽見耳邊凌亂的喘息中夾雜著他呼喚我名字的聲音。

「哈，嗯……李宥翰……」

接著，抓住我頭髮的手猛地一按，腥鹹的液體終於從性器噴薄而出。咳咳，咳咳……無法吞嚥的黏稠充斥口腔，疲憊的暈眩讓我忍不住閉上眼睛。射精時短暫抽搐的身體漸漸恢復平靜，他卻沒有放開禁錮著我的手。

「吞下去。」

媽的。嘴角的熱辣尚未退去，痠澀的下顎及滿臉通紅的難受表情都因他一句話而徹底僵住。雖然真的很想直接吐在他臉上，口中尚未拔出的性器卻制止了我的動作。迫不得已，我只好將滿嘴黏膩吞入腹中。

腥味從舌根湧上，我不禁皺起眉頭。直到這時，他才終於放開對我的箝制，允許我把頭抬起來。

濕滑的性器從口中拔出，黏膩的唾液和重新灌入胸腔的空氣在喉中翻騰。

「咳咳，咳咳……哈啊，可惡。」

沙啞的咒罵夾雜著乾咳，我伸手擦掉與他性器藕斷絲連的口水，眼中想要殺人的欲望有如實質。我抬起頭，與面無表情的他對視，只見他鬆開的手正溫柔地撫摸著我的側臉。

「你技術真差。」

我扭頭甩開他的手。說我技術差，那是誰硬要射在我嘴裡，還在那邊說很爽的？我堪堪忍住即將脫口而出的、不計其數的髒話，狠狠地嗆了他一句。

「你這個 **Psychopath**，一直在那邊抽插是怎樣？」

他的眼神帶著欲望被滿足的慵懶笑意。

「先前幫我口交的那些女人我反而比較喜歡。她們體型嬌小，卻有人能整根含到底，從來沒有人像你一樣，只會傻傻含在嘴裡。」

「那你以後就去找那些女人……」

「可是，我從來沒有這麼開心過。」

他傾身湊近，仍帶著熱度的氣息在我的耳邊綻放。儘管我眉頭緊鎖，他卻止不住笑意，彎成新月的眼睛流露出彷彿開心至極的瘋狂神色。

「媽的，你真是太屌了，我都想罵髒話了。」

是喔？我差點沒命耶。無言的反駁剛到嘴邊，就因他接下來脫口而出的話倏然愣住。

「這樣我應該能忍過一段時間。很可惜，在你傷口痊癒之前，我每天晚上都要靠這個撐下去。」

看著他的笑眼，我慢了半拍才理解他的意思。該死的傢伙。他是故意的，為了讓我不敢再犯，刻意粗暴地脅迫我。只見他抓住我的後腦勺，不由分說開始親吻錯愕的我。

甫一出院，就度過了糟糕透頂的一天，隔天我的心情依然不怎麼美妙。一大早就出門上班的他，出門前笑著對我說了句「我會早點回來」。

我坐在沙發上翻閱著沒被撕掉的另一本劇本，撂下一句「我會晚點回來」。自從昨天幫他口交後，看起來心情特別好的他，欣然接受了我的挖苦。

「跟我聯絡，我去接你。」

接著，他捧著我抗拒的臉吻了一下，才終於離開。在那之後，即便我千方百計強迫自己專注於劇本，卻連一個字都讀不進去。坦白說，來到這裡的時候，我不是沒想過會和他親熱，但我沒想到他的欲望居然這麼強烈。

再這樣下去，我遲早整個人都會被他吃乾抹淨。我掀起衣服，低頭看向腹部。早上沖澡時撕開紗布，傷口縫合的地方仍有些紅腫。眼神再次望向身旁的劇本，我會如此愛惜身體的其中一個原因，正是電視劇的試鏡。

我不確定對演戲的渴望是否真的徹底取代了復仇遺留的空洞，不過想好好表現的心情是千真萬確的。我想讓支持自家演員的評審們啞口無言，想讓他們感受到鄭製作人選擇我的信心是正確的。

或許是這五年來一直都在壓抑自己的緣故吧。現在的我已經能熟練地壓抑激動情緒，冷靜思索自己該做的事。若要享用最甜美的勝利果實，就必須讓頭腦冷靜下來，仔細推敲今後的計畫。那如果想專注在試鏡，最先要解決的果然還是神經病嗎？

我再次看向腹部的傷口，並伸手輕按，發現不怎麼痛。如果三天一次，應該並無大礙。問題在於那小子根本不可能乖乖聽話，可惡。就在這時，我與愛麗絲社長在廁所的對話倏然在腦海中一閃而過。

「我想在獨處時跟他告白，看到他開心的樣子。」

當然，那並非出自真心，我現在也完全沒有那種想法。我並不認為自己的告白會令他開心。就算真的做出告白這種尷尬又羞恥的行為，他一定也會嗤之以鼻，說那是理所當然的。

對我來說，這顯然不是適合談判的籌碼。但不知為何，這句話卻一直在腦中揮之不去。我突然有些煩躁，決定暫且將之拋諸腦後，等之後再來煩惱。我心想著也許過一陣子就會想到解決方法，決定趁他不在的時候專心準備試鏡。於是，為了取得某人的聯繫方式，我撥了通電話給經紀人。

『在鄭製作人的電影飾演主角的演員？喔，賢俊啊，你等我一下。』

能輕易和其他人打成一片的經紀人立刻說出了對方的名字。很快地，翻閱記事本的聲音陣陣傳來，不消片刻，他便念出了一串號碼。我拿著紙筆正準備記下時，就聽見他訝異地問我。

『是說，你找他有什麼事？』

雖然確實有事要拜託對方，但考量到被拒絕的可能性，我便沒有太詳細地說明。

「沒什麼，只是他之前要我去看他演的舞臺劇。」

『這樣啊，賢俊的演技很好，看了對你一定會有幫助。是說，泰民——』

他欲言又止地喊了聲我的名字，本打算掛斷電話的我回應了一句「是」。

『你昨天……在練習室有發生什麼事嗎？』

我直覺想到了自稱「前輩」的三人組，卻還是裝傻詢問。

「沒有，怎麼了嗎？」

『嗯，這樣啊？沒有啦，因為朴室長說有人要求禁止你進出練習室，而且提出要求的人知名度滿高的……』

我忍不住笑了出來，他們根本就是宋明新的孿生兄弟吧？

「那太好了，反正我也不會再去了。」

他反問了聲「嗯？」，而我簡短地向他說明。

「我這陣子打算到其他地方練習。」

『是哪裡？』

「……認識的哥哥家。」

我心想，要是我的請託被飾演電影主角的梁賢俊拒絕，我就直接在神經病家裡練習。但聽到我在電話中提出的請求後，他卻非常乾脆地一口答應。儘管那句「你先過來這裡再說」表示應該有什麼附帶條件，我還是依約前往了據說從幾天前開始上演新舞臺劇的小劇場。

舞臺劇好像下午才會開場，此時不到正午，劇場裡冷冷清清的。一看見我，他便將我帶到後臺。和乾淨俐落的舞臺相反，後臺的木製結構裸露在外，四周堆滿舞臺道具及各種雜亂物品。他推了一張椅子給我，自己靠坐在高及大腿的箱子上，直接切入正題。

「你要我幫你？」

我點了點頭，他似乎覺得有趣，嘴角泛起笑容。我看了他一會兒，朝著方才就有些在意的地方瞄了一眼。後臺是個開放空間，來來往往的人們隨時都可以看見我們。可一扇在我斜對角、看起來像更衣室的門正微微敞開，裡面有幾個人正在偷瞄我。

「哇，你要演這個角色？」

聽見賢俊的感嘆，我再次看向他。他拿著我給他的電視劇劇本，輕聲吹起口哨。

「哎呀，看來鄭製作人真的很看好你。也對，這也難怪啦。」

這也難怪？是指我第一次演戲就表現得不錯的意思嗎？

「哈哈，我是在讚美你，笑一個吧。」

見我沒有回話，他朝著我的手臂輕拍了一下，再次低頭閱讀劇本。

「但你說要參加試鏡對吧？嗯，你擔心落選嗎？」

「不是。」

他訝異地抬起目光，而我也反過來詫異地望向他。

「我是擔心自己表現不好。」

「……意思是如果你好好表現，就不會落選？」

「難道不是嗎？」

聽見我理所當然的回答，他只是眨了眨眼睛。我感受著門後監視般的目光，就聽他緩緩說出一個詞彙。

「自信。」

「……」

「說是這樣說，但好像又微妙地有些不同。」

他看著我，期待我做出解釋。見狀，我只好無奈開口。這當然不可能是自信啊。

「我剛接觸演戲沒多久，無法評斷自己的演技好壞與否，當然只能相信別人的評價了。」

若是親自指揮演員的導演，他的意見應該更加可信吧。既然鄭製作人說我適合，那我只要相信他的判斷就好，剩下的就是盡我所能去揣摩角色，然後不要失誤。賢俊的臉上緩緩綻出笑容，那並不是我們第一次見面時露出的隨和笑容，而是意味深長的微笑。

「說不定你真的能成為一名真正的演員。」喃喃自語的他，對我投以溫暖的目光。「我有沒有跟你說過？在電視圈，如果空有『想要演戲』這個動機，絕對不可能得到你想要的東西。」

我搖了搖頭。他凝視著半空中，像在回顧過去似的。

「雖然一直投身舞臺劇演出，我也曾想跨足參與電視劇拍攝。畢竟舞臺劇演員並不是一份可以餬口的工作，在這裡，只能透過演戲來滿足自我實現。可待在那樣的圈子不過一個月，我就清楚感受到那不是我這種人該去的地方。在那裡，演戲只是人們為了獲取自己想要的其他東西的一種手段。」這麼說完，他又繼續侃侃而談：「人氣、金錢、名譽，如果不渴望那些，也算不上人類了吧。不過對我來說，那些身外之物依舊無法取代演戲在我心中的地位。可即便是像我這樣對演戲有所追求的人，終究會陷入渴望金錢或人氣的泥淖。所以我才說，那裡是一座殘酷的戰場，只要有好的角色，即使無所不用其極爭取也會被視為理所當然。離開那個圈子時，我心想，如果我強大到可以無視別人的牽制和詆毀，對演戲以外的事物無欲無求，搞不好真的會成功。」

說完後，他指著我繼續說道。

「我很期待你的表現。」

我不太喜歡聽到這種話，只是冷冷說了句「請不要期待」。然而，他卻無視我的彆扭，笑了出來。

「在這個前提下，我會幫你。你說不知道該用哪一種情緒來演，才是最佳解答？」

我點點頭。

「嗯哼，我知道一個找出答案的方法，你想知道嗎？」

看著他臉上惡作劇般的笑容，這次我沒有點頭附和。果不其然，他對我提出了一項要求。

「在試鏡前，我每天都會用那個方法幫助你，不過，你必須來演出我們舞臺劇一星期。」

即便是僅有三句臺詞的角色，他的提議依舊讓我有些手足無措。

「飾演這個角色的學生突然出事，沒辦法演了。臺詞才三句而已，你今天就可以直接上吧？」

當他說到「今天」兩個字時，眼神倏然為之一亮。不過，作為獲得幫助的代價來說，這是一筆相當划算的買賣，我想了想便點頭答應。得到我肯定的答覆，他立刻馬不停蹄衝進更衣室，朝著監視我的那群人大喊。

「哈哈，他說今天就可以開始演。來，怎麼樣？要不要賭一把？」

莫名其妙地，我成了他們下注的目標，賭我第一次演出時會不會意外出錯。我目不轉睛地看著賢俊拿給我的劇本，認真讀了一段時間。他們拿我打賭，我理所當然以為這三句臺詞會繞口又難念。

然而沒有。那是一個臺詞非常普通、也不是特別需要演技的角色。我飾演的是站哨的軍人，只要在布幕拉起時站在舞臺一隅，再告知演員這裡是軍事保護區域，要他們原路折返即可。

我以為他搞錯了，但他卻說沒錯。於是我整個下午都在背誦和練習三句臺詞，並對此莫名感到有些煩躁。難道他覺得我笨到連三句臺詞都背不起來嗎？直到舞臺劇快要開演，我才再次在人們開始奔忙的後臺站定。

我身穿劇組準備的軍裝，拿著道具步槍，提前完成了妝髮。因為是第二幕才會上場，我不用立刻登臺。但在眾人忙碌的同時，許多雙眼睛也正偷偷觀察著我。只聽其中一人用懷疑的語氣對我說道。

「聽說你才剛開始演戲沒幾個月，是真的嗎？」

「是。」

另一個人接著問道。

「也是第一次演舞臺劇？」

你們到底想知道什麼？我抬起目光，直視著對方的眼睛。

「對，是第一次。」

可能是我的語氣聽起來有些冷漠，他略顯慌張，尷尬地將頭撇開。

「喔，那就好。」

什麼叫那就好？這次換我緊緊盯著他們了。方才還一直圍觀我的人們全都下意識地迴避目光。見此，我忍不住心生疑惑，再次看向身旁的劇本，總感覺這裡面似乎暗藏著某種陷阱。

只可惜，當我終於識破陷阱時，我已經站上了第二幕的舞臺。

一開始感覺劇場不是特別大，但親自站上舞臺、看著布幕緩緩升起後，臺下卻彷彿簇擁著數以萬計的觀眾。明明只有百來人的座位，他們望向舞臺的目光卻分外壓迫逼人。微弱的燈光若隱若現地在我身上灑落，襯得眾人的視線更加恍若實質。我刻意選好一個位置，將目光固定在那裡。這種時候，我忽然想起了漢洙。真神奇啊，比起人們的目光，他居然更害怕機器毫無生命的眼睛。短暫的分心，似乎幫我紓緩了緊張的情緒。

喀噠，喀噠。

要與我對戲的兩名演員站上舞臺。他們像真的在登山一樣，氣喘吁吁地念出臺詞。此時他們正站在舞臺的另一側，當他們走到我所在的位置時，我就可以念出自己的臺詞了。如同事先排練好的那樣，兩人展開了一場滑稽的打鬥，臺下傳出的爆笑不絕於耳。但我不能看向他們。我像尊雕像般凝視著觀眾席某處，耳邊終於傳來等待已久的聲音。

喀噠，喀噠。

兩人別過頭，像是鬧翻一樣開始在舞臺上走動。再走幾步，就會來到指定的位置了。我注視著兩人，提起槍口。

「你們是什麼人！」

被我的叫喊聲嚇了一跳，兩人驚慌地朝著對方靠攏。

「這裡不允許一般人進入，這一帶全都是……」

接下來我應該說「這一帶全都是軍事保護區域，請你們立刻原路折返」。說完後，兩人就會咕噥說他們迷路了，而我只要再次提槍催促他們折返，就可以退場了。但口中的臺詞尚未結束，只聽其中一人忽然不滿地大叫。

「我們來的路被意外封住了！就讓我們過去吧！」

這是劇本裡沒有的臺詞，也無法與我原本的臺詞銜接。既然路被封住，那我就不能照原定劇情叫他們折返。那極其短暫的片刻，我感覺整個世界彷彿被按下了暫停鍵，所有事物戛然靜止，腦袋瞬間一片空白。

我得做些什麼。要不是聽見內心傳來的吶喊，我說不定會傻愣愣地繼續站在原地。也不知道是不是花了一整個下午練習舉槍，我的手下意識地先有了動作，將槍口直直對準兩人。身體不自覺的反應化解了我的窘境，儘管大腦尚且無法運轉，我卻直視著面前的兩名演員，冰冷的聲音自然而然地從口中流淌。

「別想騙我。」

下意識脫口而出的反駁，讓眼前兩人忍不住抖了一下。隔了一會兒，我才用軍人略顯生硬的語氣繼續說道。

「請你們不要說謊，我並未接獲封路的相關通報。無論你們怎麼說，恕我無法隨意讓你們通過，請你們立刻折返。」

這麼說的同時，我將槍口伸得更出去，兩人立刻嚇得哇哇大叫。

「呃啊！回、回去吧！」

那是原先劇本裡的臺詞。

舞臺劇結束後，後臺的人分成了兩派。一派表情鬱悶地拆卸著道具，另一派則開心得合不攏嘴。問題在於，大部分的人都屬於前者，唯有兩人屬於後者。如果把懷疑這些人是不是在發瘋的我也算進來，那就有三派了。大家是集體發神經嗎？要是我沒有反應過來，毀了這齣舞臺劇該怎麼辦？不過仔細想了想，他們都是習慣現場表演、能即興解決問題的舞臺劇演員，對於應付這種情況應該手到擒來。

「來來來，趕快交出來。」

屬於開心派的梁賢俊走向愁眉苦臉的眾人，並開口要求。我瞇眼看著他大剌剌地在我這個當事人面前收錢的行為。要不要乾脆叫他分我三分之一算了？賢俊手上的萬元鈔票越來越多，這時，另一個開心的人在我身旁低語。

「謝謝你，泰民先生。」

轉頭一看，來者正是舞臺劇結束後才出現的女演員。在電影中飾演我同事的她，即使沒有演出這部劇，還是特地前來觀賞。見她心滿意足地盯著越疊越厚的鈔票，我立刻明白她來的原因了。她好像和其他演員較為熟稔，比賢俊還厚臉皮地開口要求。

「不准耍賴，趕快給我交出來。賢俊，翻一下他們的口袋。」

一個堅持自己身上只有這些錢的人憤怒地大喊。

「你們這些騙子！」

「哎喲，你說誰是騙子？要怪就怪你自己沒有看人的眼光。啊哈，果然藏在口袋裡。」

賢俊找到剩下的錢，一張張放到手上。財物被搜刮一空的他們怨聲載道，直到賢俊說要請大家吃飯，眾人才平息怒火。得到承諾後，大家終於原地解散去收拾東西。因為大部分的人都還沒卸妝，他們一窩蜂擠進狹窄的更衣室。但在經過我身邊時，所有人都不約而同地對我說了一些話。明明開演前不時偷瞄我、也不和我搭話，現在卻對我露出親切的笑容。

「哎呀，你心臟真大顆。」

「不是說第一次演嗎？很讚耶。」

「今天表現得很棒。」

諸如此類的讚揚從他們口中傳來。輸了賭注的那些人，接連不斷說出我從未期待聽到的稱讚。稍早破財時的忿忿不平已然消散，劇場後臺洋溢著舞臺劇圓滿結束的開心氛圍。嘈雜的聊天聲此起彼落，眾人隨興地閒聊著「今天表現得怎麼樣」、「上次來看的觀眾又來了」等等話題。焦點終於從我身上移開，轉眼後臺只剩下我和贏錢的兩人。一臉滿足數著錢的梁賢俊，將一半的鈔票分給了女演員。雖然他在把錢給出去之前，又偷偷留了幾張萬元鈔票給自己。

「這是我打電話通知妳的仲介費。」

她一邊大喊著「你這個土匪」，一邊心滿意足地收下賭資，並轉頭看向我。

「泰民先生，我之後請你吃飯。」

看著她自然真切的笑容，我努力回想著她在電影裡的樣子。儘管距離我觀看影片已經過了幾個星期，她最後悲痛欲絕、流露著一股難以言表的惋惜的表情，依舊深刻地烙印在我腦中。

隨著鏡頭拉近，頰邊緩緩流淌的眼淚看起來是如此真實。至少，我是那樣感覺到的。明明只出場兩次，她卻成了電影中最令我印象深刻的角色。在我回想著她的演技時，她似乎也想起了那部電影。

「對了，泰民先生，出演的第一部電影小有成績，你一定很高興吧。」

「不是還沒上映嗎？」

我一頭霧水地詢問，她卻睜大眼睛，有些詫異地開口。

「咦？你不知道嗎？鄭製作人的電影不是獲邀參加知名電影節了嗎？」

喔，那個啊……我記得他來探病時隱約提起過。見我點了點頭，她立刻補充說明。

「雖然沒拿下大獎很可惜，但有望角逐新人獎呢。那邊的媒體在同類型的競爭作品中，也給出了極高的評價，其中一位評審還頗為盛讚呢。」

「……」

「感覺會得獎耶！」

所以這前後到底有什麼因果關係？我真的很想如此反問。雖然搞不太清楚狀況，但反正也不是什麼大獎嘛？見我毫無反應，她嫌無趣似的撇了撇嘴。

「吼，很無趣耶。賢俊，你應該跟製作人一起飛去法國拍照，占滿新聞版面的。你看，大家都不知道，而且泰民先生都參演電影了，卻沒有特別開心。你的另一半平常不會嫌你無趣嗎？」

她的問題稀鬆平常，我卻忽然想起了神經病，沒能立即做出反應。見狀，她嘴角勾起促狹的笑容。

「嗯？你沒有反駁耶，原來已經名草有主了。」

「……沒有。」

遲來的反駁顯然已無法獲得她的信任，她反而感到神奇似的開口問道。

「沒關係啦，我不會說出去的，只是很好奇你的另一半是什麼類型的人。」

我如同蚌殼般緊閉雙唇，她則像個逗弄孩子的大人，強忍著笑意轉過頭。

「賢俊，我先進去囉。」

她充滿活力地朝我揮了揮手，轉身走進演員們前往的更衣室。她離開後，賢俊屁股靠著箱子，露出苦笑。

「對耶，我當初應該和鄭製作人一起去法國，拍個照片回來搏版面才對。」

這就表示鄭製作人已經去法國囉？難怪試鏡會因此推遲。我一邊思考，一邊凝視著眼神逐漸真摯的他。片刻過後，他靦腆地挪開目光。

「畢竟我提高知名度也是好事一樁。」說完，他望向後臺深處的更衣室，「那樣就會有更多人來看舞臺劇了。是說，臨時改臺詞應該嚇到你了吧？」

那不是廢話嗎？反嗆的言詞，被他接下來的話堵了回去。

「但你看起來一臉淡定，所以我們比你更驚訝。」

「我有嚇到。」

「嗯，我也這樣覺得。不過，在被嚇到的瞬間如何應變才是重點。可以說是某種魄力吧？一般人大多認為演員只要熟背劇本臺詞就好，但臨機應變也是重要的能力之一。畢竟舞臺劇這種即興演出的不確定因素非常多，時常會有意外發生。面對這種突發情況，演員必須足夠入戲、足夠了解角色，才能臨危不亂地以角色的視角做出反應。突然改臺詞，還拿你打賭，你一定不太開心，但往好處想，你也獲益良多。更何況每次有新人到來，都會被這樣被捉弄。」

「……」

「……你沒上當啊。」

「對。」

他的解釋言之有物，但我沒有天真到會相信他的說法。畢竟他想透過我大撈一筆的意圖實在太明顯了。我往下瞪著他裝滿鈔票的口袋，他乾咳一聲，試圖轉移話題。

「咳咳，既然已經收到講師的費用，可以開始進行練習了吧？你說不確定角色的感情應該怎麼拿捏？」

我點了點頭。

「個性和感覺已經差不多抓到了？」

我回答「對」之後，又再次開口。

「我知道大方向，卻總感覺少了些什麼，即使不斷微調，還是不太確定。」

「嗯哼」一聲便陷入沉思的他好像想到了什麼，嘴角露出淺淺的笑容。我看著他的表情，稍微鬆了口氣。感覺他接下來要說的話，將會徹底解決我的煩惱。

「好，接下來我會告訴你一個方法，一個能找到正確答案的方法。」

他深深一笑，繼續說道。

「但這是個非常笨的方法。」

不知道是不是整天想著劇本的緣故，我在沙發上等神經病等到睡著的時候，夢見了還沒開始拍攝的電視劇。如同舞臺劇演員忽然改變臺詞，電視劇的拍攝也發生了一樣的情況。

意料之外的臺詞頻頻出現，我為了配合這詭異的場面，大腦飛速運轉，後背直冒冷汗。所有人理所當然地沉浸其中，即興發揮著臺詞，只有我一個人不知所措地感到十分彆扭。儘管如此，我仍咬牙擠出一句句臺詞，努力避免被人發現自己的慌張。然而，對手演員說出的臺詞卻越來越荒謬。媽的，是要拚個你死我活嗎……

嚇──！

搖晃的失重感倏然傳來，排戲的布景瞬間從腳底消失。我全身緊繃地睜開眼睛，仍處於迷茫狀態的大腦意識到身體正在往下陷落。詫異襲來的瞬間，我的身體亦觸碰到了柔軟的床墊。直到神經病將我放下、抽走手臂後，我才迷迷糊糊地回過神來。我坐起身，身下微微皺起的床單也跟著發出窸窣。

「你在等我嗎？」

我將手臂撐在身後，半坐半臥地抬起頭。將我放到床上的他，已經脫下了西裝外套。客廳的光線稀稀疏疏地從敞開的門透了進來，視野不算明亮，可我依然能清楚看見他伸手解開領帶的動作。我皺著眉頭，無視了他的問題。

「以後不要這樣。」

剛睡醒的聲音沙啞又低沉，完整傳達了我的不悅。不過，他反而笑了。

「哪樣？」

──把我抱到床上這件事。

況且還不是用揹的，而是公主抱。身為一個男人，我覺得十分尷尬。就算他身材比我健碩，我的體重也不算輕，他居然能輕輕鬆鬆把我抱起來？

「你讓我繼續睡沙發就好，不然就直接把我踹醒。」

──不要那樣把我抱起來。

我沒有明確提出要求，但他肯定聽懂了我的言下之意。沒想到，他卻故意捉弄般反問。

「這兩個選項我都不喜歡。你是哪裡不滿意了？」

臭小子。我又坐起來了一些，粗魯地撥弄著瀏海。

「不要把我抱過來。」

自暴自棄地一吐為快後，我終於抬起目光。

沙沙沙。

他解開脖子上的領帶，粗糙的布料在襯衫上摩擦出輕微聲響。或許是房間裡光線昏暗，我竟隱隱有種他手上拿著細長鞭子的錯覺。領帶在他手中垂落，而他的另一隻手則開始解開襯衫鈕釦。正當我納悶著他是不是兩手都是慣用手時，聽見了他慵懶的聲音。

「喔，那個啊，別擔心，我下次不會再抱你過來了。我會忍都不忍，直接撲上去。」

適應了黑暗的眼睛看見了他的笑容。他將領帶丟在地上，朝我伸出手。

「你在等我嗎？」

手指觸上肌膚，溫柔的撫摸沿著臉頰來到頸後。在皮膚上游移的溫熱比想像中更加令人沉溺，導致我又一次錯過了回答他的時機。當然，我並不是在等他。看見他傳簡訊說「我會晚點到家」時，我反而鬆了口氣，安心地窩在沙發上研讀劇本。我只是不想躺在主人不在的床上。雖然不知道自己睡了多久，但我確定自己是十二點過後才睡著的。現在是幾點了？

「試鏡將近，多了一些無謂的飯局。他們幾乎動用了各種關係試圖接近我，有幾個邀約推不掉。」

神經病慢條斯理地解釋著，指尖一邊輕輕揉弄著我的耳垂。赤裸的肌膚從鈕釦被解開的襯衫間露了出來，儘管室內一片昏暗，我依舊能刻畫出曾經見過的、他肌肉結實的上半身。無意間瞥見他赤裸的胸膛讓我莫名有些尷尬，於是我只好刻意盯著他的臉。

「因為主角的關係？」

「不只是主角，連一些小角色都有人砸大錢爭取，尤其是新人。」

「為什麼？」

「即便只是配角，透過熱門作品出道就能獲得更多曝光機會。接下來只要抓著那部作品不放，拚命行銷，便可以獲得更高的人氣。畢竟大作的討論度向來居高不下，只要提起其中某個人物，大家就會聯想到飾演角色的演員，進而加以吹捧。」簡短說明的他，不經意地補充：「一言以蔽之，大家都是垃圾。」

他不帶感情貶低他人的言論，有時莫名讓人毛骨悚然。大概是因為他毫不猶豫將人定義為垃圾時，露出的冷漠表情吧。

「所以那些垃圾你全都不選嗎？」

他回答「不是」後，伸手勾住我的後頸。在皮膚上緩緩移動的手指，讓我的背倏然緊繃了起來。

「還是會勉強挑選幾個。必須讓他們知道垃圾也有機會，投機者們才會拿出更多錢來。既然有人願意砸錢演戲，我沒理由不利用。是說，你還沒回答我。」

若在平時，我大概只會順著他的話敷衍地反問一句「回答什麼」，不過此刻我的注意力全都集中在他的手上。愣怔之間，我想起了他問過兩次的問題。

——你在等我嗎？

要是現在說我在等他，他應該會不管不顧直接吻上來吧。那俯視著我的目光不知何時黯了下來，濃烈的欲色在其中隱隱流淌。

「不，我只是讀劇本讀到睡著了。」

坦白說，這樣赤裸的注視並未讓我感到任何不悅。不，一股蠢蠢欲動的麻癢反而自下腹倏地湧上，讓我早上的煩惱瞬間煙消雲散。擔心傷口、思索該如何阻止那小子的苦惱，全都融化在逐漸攀升的熱意之中。我抓住他的襯衫，一把將他拉了過來，看著他的眼睛開口說道。

「可是，我想被你叫醒。」

若有似無的氣音消失在驟然緊貼的唇瓣中。儘管看不見他的臉，我卻能清楚感覺到他唇邊的笑意。不過，那笑容只是一閃即逝。我將手搭上他的肩膀，承受著他急切伸進口中的舌頭。

粗魯的力道將我推倒在床上，但我並未屈從，反而伸手勾住他的身體。襯衫被往後褪下，肩膀結實的肌肉線條在掌下起伏，我環住他的脖子，將他朝自己拉近。

口中恣意攪弄的舌頭，和曾在我體內撻伐的性器一樣灼熱。思緒逐漸麻木，本能霍然被欲望淹沒。伏在身上的軀體沉重得令人難以呼吸，我卻仍不滿足。想要更多觸碰、想更深入愛撫的焦躁，讓我的指尖用力陷進他的肩膀。

「嗯……」

濕黏的吻變得更加激烈，對欲望的渴求化為聲聲呻吟從口中溢出。我努力扯著他半褪的襯衫，同時張開雙腿勾住他的腰。他緩慢地動作，隔著衣服在我身下磨蹭。

舌頭粗暴地翻攪，熱辣的刺激和唾液在口中交織。越是這樣，我便越朝他貼近，同時更用力地抓住他的肩膀和怎麼也脫不下的襯衫。可能是厭煩了我拖沓的動作，他暫時將唇瓣抽離，逕自將襯衫脫下，而我也終於承受不住似的小聲喘了口氣。

「哈啊。」

啪啦。襯衫落地的聲音甫一傳來，我的外衣也跟著被粗魯地扯開。暫時停下的親吻讓我莫名焦躁，只能迷迷糊糊地跟隨著他的動作，脫去煩人的衣物。與此同時，他也忍不住似的再次含住我的唇瓣。

一隻手臂仍卡在衣服中，但無所謂了。緊緊相貼的肉體帶來一股酥麻的刺激，親吻的同時，我的胸口亦劇烈地上下起伏。即便我已經快喘不過氣，他的進攻仍未止息。不知不覺間，我綁著鬆緊帶的運動褲和內褲已被扯下。

我抬起屁股，他立刻將褲子下拉到膝蓋，隨後我掙扎般踢動雙腿，把褲子徹底脫下。赤裸的肌膚暴露在微涼的空氣中，他停下親吻，把頭抬了起來。我的胸口兀自起伏，對於他再次停下的舉動不甚滿意，但我很快便明白了他這麼做的原因。他夾雜著欲望的黑色瞳孔正凝視著我，一邊伸舌舔了舔嘴唇。

——喀啦。

緊隨著金屬部件解開的碰撞，「嘰咿——」的拉鍊聲也隨之傳來。儘管是平時常見的聲響，但對於逐漸被欲火吞噬的我來說，只感覺到欲求不滿的焦躁。然而，顯然比我還興奮的他卻像刻意壓抑般，以極其緩慢的動作脫下褲子。接著，他伸手從床邊矮櫃的抽屜拿出潤滑液。

眼前的一切宛如慢放的影片，相較於此前熱烈的親吻和你來我往的攻防，這難以形容的沉默反而更令人窒息。倒映著我身影的瞳孔，彷彿濃縮了山雨欲來前的寧靜。他半跪著將褲子脫下並丟到一旁，就此停下動作的他低聲向我警告。

「就算你求我，我也不會停的。」

已然陷入欲望漩渦的我以為那是不會這麼快就結束的意思，並沒有特別放在心上。此時此刻，我只想再次被他觸碰，緩解這令人不知所措的悸動。

「哈啊……閉嘴，趕快開始就對了。」

他再次咧嘴一笑，低下頭來。我伸手抓住他的肩膀，而他昂然滾燙的性器在我腿根處滑過。僅是如此，一股酥麻便自下腹蔓延開來。我不自覺張開雙腿，對他擺出邀請的姿勢。但他似乎覺得這樣遠遠不夠，寬厚的手掌一把掐住我的腰，將我往他的方向一扯。臀部倏然撞上他的大腿，他微微躬身，彼此挺立的性器就這樣緊緊相貼。這突如其來的刺激，讓呻吟不自覺從口中溢出。

「呃嗯……」

我仰頭閉上眼睛，他將臉埋進我的肩膀咬了一口。

「別擔心，我馬上就會狠狠幹你。」

幽微的震顫隨著他的低笑在肌膚上躍動，酥麻的感覺倏地傳開，心跳莫名地急速鼓動，品嘗過快感的身體不由自主地有了反應。我微挺著腰，用性器在他腹部輕輕磨擦，隨後只聽他口中迸出一句小聲咒罵。

「媽的，不要一直在那邊蹭。」

與冰冷的語氣相反，他的手指急不可耐地探入我的後穴，將冰涼的潤滑液抹開。緊窄的洞口在潤滑液的幫助下，順利吞下兩根手指。明明不是第一次做愛，這種熟悉又陌生的感覺依然讓我的身體倏然一僵。然而，他卻沒有停下動作，略顯粗糙的手指繼續強硬地深入乾澀的後穴。耳邊傳來他要我別緊張的勸慰，我閉上眼睛，深吸了幾口氣。因快感而挺立的性器彷彿要讓人徹底陷入瘋狂，但在後穴進犯的手指卻轉移了我的注意。身體仍然僵硬，後穴也顫顫巍巍地絞緊，他手上動作未停，嘴角勾起一抹興味的笑容。

「哈，你最好一直這樣夾緊。」

說完，他緩緩抽出手指，又抹了一些冰涼的潤滑液。

噗滋，噗滋。

在潤滑液的幫助下，手指再次插了進來，發出讓人耳熱的水聲。我漸漸習慣了手指的擴張，抗拒感稍微減退。隨著次次吐納，身體緩緩放鬆下來，疼痛也漸漸消減。我抓住他的手臂，感受著逐漸舒緩下來的節奏。又深呼吸了幾次之後，他輕吻著我的額頭，嘴唇沿眉間往下，最終在臉頰處停下。

「哈，哈……」

胸口劇烈起伏，呼吸愈加急促，在柔軟內壁攪動的手指也越發狠戾。彷彿在尋找著什麼，他仔細摸索著肚臍下方。一股未知的不安莫名在心中蔓延滋長，我皺著眉轉過頭，剎那間，一股觸電般的刺激倏地在下腹綻開。

「哼呃！」

我扭動著身體發出呻吟，手指又再次用力按了按那個地方。

「哈啊——！」

腦袋倏然一片空白，乳白色的精液緩緩自瑟縮的性器頂部淌出，酸澀的氣味隱隱在空中飄散。但我還來不及仔細感受，他便挺起上半身，強硬地掰開我仍在顫抖的雙腿。不知不覺增加到三根的手指，繼續按壓挑逗著泥濘不堪的後穴。然而，那似乎只是短暫的一瞬。可能是終於忍耐到了極限，他動作略顯粗暴地將我拖向他。

屁股被抬起的不自在，讓我勉強睜開雙眼，看見了跪坐在我腿間的他。一陣輕微的窸窣傳來，他戴上保險套，隨後滾燙的欲望便迅速抵住微微開闔的入口。那瞬間，我忍不住縮緊後穴。他握住性器在洞口磨蹭，一邊淺淺勾起嘴角。接著，他抬起目光與我對視，開口問道。

「……感覺如何？」

什麼？急促的呼吸讓我把這個問題吞了回去。不等我有所表示，他的性器便毫無預警地闖了進來。即便已經適應了手指的擴張，過分粗長的性器依舊讓我承受不住般全身緊繃。

呃——！

我在內心發出呻吟，僅是將龜頭插進來便停下動作的他冷笑著開口。

「明明一直夾個不停，勾引我插進來，別裝模作樣了。」

說完，他不顧我的掙扎，一口氣填滿了我的後穴。

「哈啊！」

我忍不住發出一聲承受不住的呻吟，手指不受控制地抓緊床單，本能地想要逃離。不過，禁錮著腰部的力道卻讓我只能被迫承受著他的侵犯。

「哈……媽的，我要射了。」

低沉的咒罵在耳邊響起，他強硬地掰開我的雙腿，繼續往裡頂弄。直到粗糙的刺癢自身下傳來，他才暫時停下動作，低頭看向我。劇烈的喘息在口中吞吐，我撇過頭，緊緊咬住下唇。

「呼呃……嗯……」

我努力想平復呼吸，他的指腹卻在我的唇瓣上來回揉弄，並用甜蜜的聲音循循善誘。

「會流血，不要咬了好不好？」

與他溫柔的語氣不同，說話的同時，他若無其事地拔出性器，毫無預警地開始大肆進攻。

「哈啊！」

每次插入，我都感覺自己被撕裂成兩半，強悍的力道讓我只能勉強抓住床單，束手無策地隨之晃動。大開大闔的腰腹將性器拔出至龜頭下方又插了進來。儘管速度不快，力道卻異常生猛。

啪，啪，啪。

緩慢的肉體撞擊聲間隔傳來，我終於能放鬆緊繃的身軀。我嘗試著深吸一口氣，後穴反射性地收縮，緊緊絞住他勃發的欲望。原本埋頭苦幹的他立刻有了反應，只見他皺眉停下動作，隨後便以另一種方式在我體內磨蹭，故意頂著柔軟的內壁緩緩移動。當我以為終於能喘口氣時，他的性器猛然頂到了某個位置。

「哼呃——！」

一種難以形容的快感瞬間貫穿大腦，被徹底填滿的下腹顫抖著拱起。彷彿融化的意識尚未反應過來，體內怒脹的性器便稍稍退後，並再次精準頂上。

「哈啊！啊——！」

腦中一片空白，過分的刺激讓身體倏然緊繃，指尖深深陷進床單，留下一道道蜿蜒褶皺。在此之前，我只能感覺到被填滿的不適和撕裂般的疼痛，沒想到竟有如此強烈的快感能凌駕其上，充盈著我不住顫抖的下腹。而受到刺激的，顯然不只我一個。瞬間夾緊的後穴讓他也從齒縫間發出短暫呻吟。

「哈……是這裡嗎？嗯？」

與此同時，他稍稍後退的腰腹又凶狠頂上，朝著那讓人無法承受的地方狠狠磨蹭。我半軟的性器不由自主地顫動，乳白色的液體也隨之流淌而出。接著，我因射精而夾緊的後穴讓他一邊低聲咒罵，一邊再次加速，狂暴的抽插如疾風驟雨般襲來。

「媽的……真爽。」

每次插入，睪丸都會在濕潤的入口撞出羞恥的聲響，哭泣般的呻吟亦自口中不受控制地淌出。被快感侵蝕的身體無視自身意志，諂媚地吸吮著在體內摩擦的性器，愉悅地渴望更深入的侵犯。

「哈啊！啊！啊……哼呃！啊——！」

啪！啪！啪！

「呼……再夾緊一點，幹……」

「哼呃！呃……啊！啊、啊啊……」

腰胯隨著抽插上下擺動。身體禁不住他迅猛的頂弄不斷搖晃，體內炸開的快感如煙火般斷續明滅。我簡直快要瘋了。獨自甩動的性器開始流出清液，酥麻的痙攣在繃緊的下腹盤據，一再炸開的快感好似無止無境、無法擺脫。大腦彷彿化為一灘晃蕩的潮水，過度的換氣讓肺部幾近真空，我感覺自己隨時都會因這過分的快樂而暈厥過去。

但他似乎對這個姿勢不太滿意，臀部忽地懸空，大腿被側著舉起，霎時間，我的身體被一股強硬的力道翻了過去。他的性器還插在體內，突然改變的姿勢讓我一陣恍惚。根本來不及撐住上半身，他便再次抬起我的腰，剝開臀瓣更用力地將自己的性器送了進去。雖然臉栽在床上的姿勢顯得有些狼狽，我卻無力反抗，來自背後的侵犯更加強烈地在敏感點上狠狠撻伐。

「啊——！」

難耐的呻吟夾雜著泣音，濕軟的後穴倏地絞緊，他大口喘著氣，在我耳邊開口。

「哈……那麼舒服嗎？那這樣感覺如何？」

彷彿要捏碎骨頭的力道毫不留情地將我的身體向後一扯，灼熱的欲望凶狠地頂入深處。本以為已是極限的速度再次加快，令人難以承受的力道狠狠將我貫穿。濕軟的內壁發瘋似的痙攣，滅頂的快感幾乎要將意識徹底淹沒。

啪！啪！啪！

「啊啊！哈！啊！哈啊……」

「呼、呼……」

我幾欲昏厥，額頭抵在床上，急促的呼吸在口中斷斷續續，昏沉的大腦幾乎無法思考。就在我以為自己會被欲望折磨得徹底瘋掉時，他倏然將性器深埋進我的體內，就那麼停下動作。

「哈……」

伴隨著一聲粗喘，狂暴的侵犯終於止息。不，他湧出精液的性器依然縮動著，不過與先前的動作相比，根本不值一提。我真的累到極點，連抬頭的力氣都沒有了。仍然抓著我的腰不放的他，俯身親吻著我汗濕的後背，一手同時在我的下肋來回撫弄。就那麼愛撫了一段時間，接著，只聽他用甜美的聲音在快要昏迷的我耳邊詢問。

「我已經先輕鬆射了一發，這次認真來吧？」

令人不敢相信的是，他的性器又在我體內硬邦邦地脹大了。

決定上午到公司一趟，一方面是收到了經紀人的聯繫，另一方面則是我確實有事要辦——我得重新拿到我在車上撕毀的、電視劇的第一集劇本。因此，我在壓根不知道自己即將面臨什麼難關的情況下，推開了小型會議室的大門。不，嚴格來說，是我疲憊到隨時可能當場昏倒，根本沒有心力再想其他事情。

最後神經病又抓著我不放，一直做到天亮。後來我甚至忍不住破口大罵，他卻只說我很可愛，便繼續埋頭猛幹。在那之後，他憑著怪物般的體力，只睡一小時就神清氣爽地起床上班了。

我真心希望自己一覺不醒，就此昏迷，但自尊心還是逼著我離開床鋪，畢竟我不想被說成扛不住他精力的弱者。不過，來公司的路上，我第一次體會到雙腿直發抖的感覺，才倏然意識到那無用的自尊心根本無關緊要。

我居然也傻傻地跟著他一起發情？難道我才是最大的問題嗎？當我一邊自責，一邊推開門的瞬間，就明白今天的一切註定要諸事不順了。在裡頭融洽交談的兩名中年男子一發現我，便猛然轉頭看了過來。

「泰民，你來啦？」

經紀人向我打了聲招呼，順手指了指在他面前的人——那個預示著我即將度過灰暗一天的存在。

「你叔叔一早就到大廳等你了，我看到就趕快把他帶上來。」

你幹嘛多此一舉？我暗中斥責經紀人多管閒事，一邊轉頭看向一早就抵達的人。愛麗絲社長聽見「叔叔」這個稱呼，立刻抬起下巴露出滿意的笑容。

「對啊，百……咳咳，泰民，我來了。」

你來幹嘛？我差點直接無禮地開口質問。被神經病折磨一整晚還不夠，現在輪到他的親戚了嗎？

「怎麼不先聯絡一下再過來？」

如果你先聯絡我，我絕對不會踏進這間會議室一步。我按捺住心中無法實現的願望，隨口向他問道。社長則笑著回應。

「呵呵，我怕你逃跑啊，啊哈哈哈。」

「……」

「嗯？我是開玩笑的，你居然沒笑？」

「……我本來就不常笑。」

我一說完，經紀人趕緊附和。

「真的，泰民不太常笑。一開始我還誤以為他沒禮貌呢！可是我覺得叔叔的玩笑超級搞笑的，啊哈哈！」

這時，社長彷彿忽然想起什麼似的，拍了一下膝蓋。

「喔，對啊，說到這個我才想到，我用名字編了一段超讚的哏，泰民卻沒有任何笑容！我自己講完還笑到差點被送去醫院耶……」

砰咚咚！

我刻意將桌上的水瓶推到地上。兩人聞聲被嚇得回過頭來，我若無其事地瞥了他們一眼，指著時鐘對經紀人說道。

「你該去開晨會了吧？」

經紀人「啊」了一聲，猛然回過神站起身。接著，他急忙向社長道別後便轉身離開。當我正準備放下心來，以為成功解脫的瞬間，經紀人又冷不防問了一句──

「對了，泰民，你搬去認識的哥哥家住，住得還習慣嗎？」

那瞬間，社長銳利的目光立刻射向我。不祥的預感倏然降臨，我勉為其難對經紀人答了句「是」之後，再次推了推他的背。

「開會。」

「嗯，我要去了。但你會不會要看人家臉色？哎喲，我總覺得你……」經紀人含糊其辭，憂心忡忡地盯著我，「看起來好像很累，一副沒睡好的樣子。仔細一看，臉色還有點蒼白。」

「……」

「我之前也跟你說過，要是住得不舒服，你可以來跟我住。」

我正準備說出「不用了沒關係」，順便再次把他請出去時，一旁的社長卻搶先開口。

「認識的哥哥？誰啊？」

他的語氣莫名犀利，我忍不住在內心嘆了口氣。我轉過頭，打算趁他又發表奇怪的推理前先開口解釋，但在沒用的地方特別機靈的經紀人卻搶先回答。

「這個嘛，我也不清楚，他只說是認識的哥哥。唉，算了，不知道該不該慶幸，還好他不是住進跟他感情很好的神經病家裡。」

當然，他連不必要的部分也全說了。我忍不住抖了一下，轉頭看向社長，他的表情果然如我所料般徹底僵住。可惡。而讓情況演變至此的經紀人，這才說要去開會，活力充沛地離開現場。

——砰。

我瞪著關上的門，思索著該如何處理大嘴巴的經紀人。然而，我忽然意識到，會先被處理的人應該是我自己。

「百元。」

我不情願地抬起頭，立刻聽見了他犀利的質問。

「神經病？你趕快回答我，什麼叫感情很好的神經病？」

該死的經紀人。我再次在內心咒罵經紀人時，社長又提高了音量。

「吼，那個神經病到底是誰！認識的哥哥又是哪位！所以你腳踏三條船？那個認識的哥哥到底是哪個傢伙！」

「傑伊。」

「……誰？」

「神經病和認識的哥哥都是。」

「……兩個都是？」

我點點頭。

「……姓什麼？」

「尹。」

「你確定你說的尹傑伊，就是我們家傑伊……」

「沒錯。」

我向張大嘴巴、僵硬得像一座銅像的社長再次證實。

「尹傑伊就是認識的哥哥，也是神經病。」

過了一會兒，彷彿被勒住脖子的社長勉強擠出聲音。

「……為什麼？」

我說他偶然成為認識的哥哥後，他迅速搖了搖頭。

「我不是問這個，你居然說他是神、神、神經病？」

「因為他就是神經病啊。」

「誰？」

「尹傑伊。」

「咳！我……」

他發出慘叫的同時緊抓著胸口。若是以往，我大概會主動關切詢問「還好嗎」，但看著他抓住右邊胸口，我冷靜地作出判斷——不是心臟。而我的想法顯然沒錯。

「呃！我、我的肺！」

痛苦大喊的社長，又大口深呼吸了幾次才終於恢復正常——恢復成逼問我是不是腳踏三條船那時候的樣子。感覺即將從他瞪大的眼睛射出的，已經不是雷射光，而是飛彈了。

「呼，好吧，可能是我們傑伊不習慣坦露內心，所以你對他有許多誤解。總之呢，我懂。百元，我想你應該是誤會了什麼，我會給你一次辯解的機會。」

一次辯解的機會？那小子的神經病行徑哪可能一次就全部說完？而且你說辯解？一陣煩躁突然湧上心頭，我很想說點什麼，卻見他從口袋裡掏出某樣東西放在桌上——那是他的手機。

「一定是誤會，對不對？因為傑伊總是乖巧地笑臉迎人，才加深了你的誤會，對吧？我還擁有你炙熱的告白耶。」

他的言下之意，聽起來更像是「要是你敢否認，我就立刻公開這份錄音」。該死。我簡直煩躁到想要直接揭穿一切，揭穿那偽善的笑容究竟有多麼可惡。

「社長，關於尹傑伊，你不知道的是……」

「啊，我們傑伊的心地也是最善良的。我有沒有告訴過你，當我問他是哪個傢伙割傷他的手腕時，他只是笑著說沒事，說只要對方對他感到愧疚就心滿意足了！天底下怎麼會有這種聖人？嗯？但我不是聖人，我一定要揪出犯人，砍斷他的手腕！等他被我逮到就知道了！」

社長緊握的拳頭嘎吱作響，關節摩擦的聲音肅殺地在會議室裡迴盪。他沒有鬆開拳頭，只是露出抱歉的微笑。

「對了，你剛才要說什麼？」

「……應該是我誤會了。」

「喔，對吧？我不知道是哪件事，但你要解開誤會，然後馬上改掉那個奇怪的稱呼。」

我只是稱呼神經病為神經病，為什麼會遇上重重阻礙啊？被迫認清殘酷的現實，我只覺得異常疲憊。

「但你怎麼會一早就過來？」

在我勉強轉移話題後，他從地板上拿起某樣東西放到桌上。砰。發出沉重聲響的物品被放在眼前，那是一個裝著提把的熟悉箱子。

「咳咳，百元，因為你剛出院，我又剛好想到，就把多的補藥拿過來了，絕對不是特地送來給你的！你不要誤會！」

「……」

「怎麼了？你、你不喜歡？」

當然不喜歡啊。不過，我突然想起經紀人說過的話。

——你叔叔一早就到大廳等你了。

他究竟等了多久呢？只為了拿這個東西給非親非故的我。我向他點了點頭。

「我會好好享用。」

接著，我打開箱子，裡頭果然裝滿了一包包補藥。我拿出一包，開口問他。

「可以現在吃嗎？」

「……」

「不能嗎？」

似乎沒料到我會乖乖收下，他表情有些呆滯地愣在原地。被我這麼一問，他倏然一驚，趕緊回答。

「嗯？咳咳，當、當然可以啊。我子四把多的拿給你，你要雌不雌隨便你。」

接連不斷的破音，展現了他的受寵若驚。我撕開包裝袋一角，將烏黑的液體倒入口中。苦味在口腔擴散，我忍不住皺了皺眉，但我沒有表現出來，而是將苦澀的液體嚥了下去。在我將補藥喝得一乾二淨後，某個東西被推到面前——一顆包裹著塑膠包裝袋的薄荷糖。

社長撇頭看向其他地方，凶巴巴地開口。

「我只是把多出來的分給你，絕對不是因為補藥很苦才給你吃的。」

我伸手接過薄荷糖，撕開窸窣的塑膠包裝，就聽見社長雀躍地繼續說道。

「我家裡還有一箱補藥，過陣子再拿過來給你，你也幫我拿一點給傑伊。」

我停下動作，原本要將糖果塞進嘴裡的手僵硬地懸在半空中。他現在宛如野獸般的體力已經足夠駭人了，怎麼可以再讓他吃補藥？我放下糖果，又撕開一包補藥湊到嘴邊，而後對著疑惑地眨著眼睛的社長詢問——

「這一天最多可以吃幾包？」

儘管年輕時四處幹架、虛度光陰，但在最糟糕的那個時期，我還是有學到幾件事。其中一件，就是無論哪種招式，如果想駕輕就熟，最好的方法就是反覆練習。那就是我打架時，可以輕鬆踹中比我高大的人的腦袋的原因。

為了使動作純熟俐落，我每天不斷練習。在能夠隨時做出動作前，我對著半空中踢腿、揮拳了幾千次，甚至練轉刀練到滿手傷痕。個子不算高的我之所以被人誇讚擅於打架，都是拜勤奮練習所賜。

其他人——尤其是明新那種只看表面的傢伙，都以為我只是憑著一股衝勁，頑固地發動攻勢。不過，要是沒有實力支持，就算再怎麼拚命也是徒然。而且所謂的「衝勁」，在對自己的實力產生信心時，就會自然而然形成。

每當拚死拚活反覆練習、練到累得想吐，我就會在心中對自己吶喊「媽的，至少要做到這種程度吧」。因此，儘管臺詞已爛熟於心，我依舊像初次見到般，仔細閱讀著新拿到的劇本。畢竟其中還有一些我需要仔細揣摩的東西。

「都背好了嗎？」

為了幫我精進演技，特地提早到來的賢俊一邊問著，一邊站上舞臺。如果僅是飾演了只有三句臺詞的配角，就換得他每天幫助，即便是我，內心也會有些過意不去。不過，作為他們下注的對象，我並沒有絲毫愧疚。我闔上讀到一半的劇本，從座位上站起身。他的視線在我身上來回逡巡，仔細審視著我的一舉一動。我左右扭頭試圖緩解緊張，沒想到，站到我面前的他疑惑地「嗯？」了一聲，開口問道。

「你昨晚熬夜了？」

嘎吱。肩頸關節發出一聲脆響，我頭扭到一半，眼珠僵硬地轉向他。因不可告人的事情而熬夜，讓我無法給出任何答覆，而他卻不以為意。

「啊，看來你真的熬夜了，我就覺得你的臉看起來很疲憊。」

「……」

「這才想到，你的聲音也有點沙啞……啊，你該不會──！」

該不會什麼？我下意識瞪著他。

「你該不會熬夜練習了吧？拍電影的時候我就發現了，你意外是苦練派呢。」

「……」

「哈哈，害羞什麼，原來你害羞就會瞪人喔。」

我小聲咕噥了句「嗯，就這樣」之後，他輕拍我的手臂笑了笑。

「你不是才剛出院沒多久嗎？別太逞強，我覺得你已經表現得很好了。我敢保證，你可以從製作人以外的其他評審那裡拿到第二高分。」

第二高分？我的眼神流露出些許疑惑，見狀，他便向我解釋。

「我說第二高分，你不太滿意嗎？可是沒辦法，評審都有各自支持的人選，最高分一定會優先評給那個演員。演技最好的，基本上都是拿第二高分的人。我昨天才跟鄭製作人通過電話，幸好除了他之外，另外三名評審支持的人選各有不同。反正最後是看總分，只要沒發生最糟的情況，你應該會順利拿到角色。」

「什麼是最糟的情況？」

聽到我的提問，他忍不住露出苦笑。

「有人在最後關頭砸錢關說。如果成功收買所有評審……那就完蛋了。」

從他的聲音中，我能感受到濃濃的無奈和自嘲。半晌，我語氣生硬地開口。

「這是你的經驗談嗎？」

一時無言的他搔了搔頭，咕噥了句「你真敏銳」。

「曾經有個角色，幾乎確定由我出演。就像你一樣，因為導演很喜歡我，說簡單試鏡一下就可以開始拍攝。沒想到導演缺席了最後一場試鏡，而其他評審全都指定另一個人選。要是那個人演技好，我還不會覺得委屈，但他甚至連臺詞都念不好。」他無奈地聳肩，「嗯，後來我發現這種事在這個圈子中屢見不鮮，只能強迫自己選擇淡忘。可當時委屈的心情直到現在仍記憶猶新，坦白說，我現在——」

他欲言又止，遲疑了片刻，才直視著我的眼睛。

「也很擔心你。擔心你如此勤奮地練習，萬一最後沒有得到好的結果，你會受到挫折。畢竟你看起來真的很想飾演那個角色，跟拍電影的時候不一樣。」

我突然覺得有點好笑。他說拍攝電影的時候，聽起來就像幾年前的事，明明也才過去兩個月而已。而在此期間，我只有一項改變——開始有了想活下去的念頭。在我沉默的時候，他像是突然想起什麼似的轉告我。

「對了，製作人好像很忙，因為海外版權的關係，他接獲許多邀約，要試鏡前一天才會回來。」

他絮絮叨叨地說著，我腦中卻浮現了神經病說過的話。雖然被他評價為垃圾，但他說那些人知道關說行得通後，就會拿出更多錢，而他正好可以利用這點。也就是說，試圖用錢買通評審的情況會一直持續到試鏡結束吧。

鄭製作人那邊應該沒什麼問題，我卻莫名覺得賢俊所說的、最糟的情況真的有可能發生。僅有一人站在我這邊，顯然無法成為決定性的關鍵。但也無妨，即使另外三個評審都給關說的人最高分，只要鄭製作人給他最低分就算是我贏了。舉例來說，假設滿分是十分，那個人就算獲得三個評審的滿分，但若是鄭製作人給他零分，那他也只有三十分。

而我只要從另外三名評審手中各獲得至少七分，再加上鄭製作人的十分，總分三十一分的我就贏了。除非有人強制要求評審把我刷掉，不然應該不會有其他意外。或許我就是因此鬆懈了下來，自滿地認為這就是最糟的情況，不會再衍生其他問題。

表演完舞臺劇，我又回到公司。原本是神經病傳簡訊說「過來公司」，但他隨後又捎來一個天大的好消息，我便毫不猶豫地動身。

——會忙到很晚。

他要忙到很晚，我當然舉雙手贊成。看來他今天又被安排了躲不掉的邀約，必須晚歸。當然，他越晚回到家，我就越開心，於是我二話不說立刻前往公司。在前往幹部辦公室前，我先去找了朴室長，向他索取進入辦公室的門禁卡。以前曾經和經紀人一同前往，我知道他的辦公室是哪一間。可當我「叩叩」敲完門並打開門時，卻聽見一聲怒吼。

「幹！我為什麼一定要參加試鏡！蛤？」

極其不耐煩的語氣讓我猝然駐足，此刻有人正激動地對朴室長咆哮。那是張熟悉的面孔，是我已經見過一次、又時常在公車站的飲料廣告上看到的那張臉。

練習室的傲慢三人組當中，長相最帥氣的飲料正一臉不耐煩地轉過頭，認出了獨自前來的我。與方才怒火中燒的舉止不同，在看見我的剎那，他的嘴唇徑直彎了起來。

「看看是誰來了？這不是把前輩趕出練習室的李泰民嗎？」

被他搞到冷汗直流的朴室長，驚訝地轉動眼珠左看右看。而飲料指著我、口中毫不掩飾的囂張言論，更是讓他一陣手足無措。

「聽說那傢伙跟喜歡和男人亂搞的宋宥翰起過衝突？哼，和宋宥翰那種爛貨起衝突的話，想必只有一個原因。」他轉過頭，改向我問道：「啊，原來你願意跟男人上床嗎？你該不會是為了那個噁心的金會長，才跟宋宥翰槓上吧？哈！居然看上那個手下是一群黑道的可怕老頭？豈止黑道，那些傢伙的老大比黑道還要殘忍。看你還平安活著，應該是臨陣脫逃，找到其他金主了吧。」

朴室長慌張地在後方呼喚飲料的名字，但他不以為意，繼續挖苦。

「是誰？除非本來就是Gay，不然願意跟男人上床的金主不多。嗯，宋宥翰的金主掛了，應該不是他……真好奇是誰。」

因為沒有回應的必要，我對著朴室長輕輕點頭，準備轉身離開。

「我再找時間過來。」

沒想到，飲料擋住了我的去路。

「算了，你不說也沒差，因為我很快就會知道他本事有多大了。」

他強忍著笑意的提問，讓我忍不住回頭看了他一眼。

「聽說你要參與國情院員工的角色試鏡？」

見我轉身，他的眼神倏然一亮，像個懷揣著祕密的孩子。

「告訴你一個好消息吧？我這次要試鏡的是主角的朋友，但我原本也想飾演國情院員工。雖然不是重要角色，卻相當有魅力，所以和主角一樣受歡迎。不過我放棄了，除了我以外的其他幾個人也是。」他露齒一笑，為我加油。「加油喔，你看起來是演技派，應該任何角色都能成功拿到，對吧？」

說完後，他率先走出辦公室。我實在沒辦法把他的話當成耳邊風，只能呆愣地凝視著關上的門。他放棄了？會是什麼原因呢？當我正思索時，朴室長開口打破了沉默。

「這個圈子絕對不是只有那種人。」

我將視線轉了回來，見他深深嘆了口氣。

「也有一些藝人會把其他演員當成自家人對待，對經紀公司很講義氣，且重視工作甚於人氣。」

「有多少？」

「……嗯，不多就是了。」他咕噥般壓低聲音，瞄了我一眼。「夢想是大型經紀公司，底下有分一些派系。因為是你，我才特別提醒，剛才出去的那個黃志龍算是比較嚴重的，你要特別小心。他本來就眼高手低，瞧不起沒沒無聞的藝人。前天他還問了一堆關於你的事，要我禁止你進入練習室。我有請崔經紀人提醒你要小心，你沒聽說嗎？」

我回答「有」之後，感到有些不可思議地詢問。

「朴室長，你本來就會像這樣提醒每個人嗎？」

我從之前就很好奇，感覺他和經紀人特別要好。聽見我的提問，他靦腆地笑了笑。

「喔，因為你是崔經紀人帶的演員。其實當初是我推薦崔經紀人加入公司的，我覺得他看人的眼光非常準，是個優秀人才。我提議讓他來公司擔任經紀人，沒想到尹理事真的雇用了他。雖然聽到分派給他的藝人是搞垮他公司的宋宥翰時，我真的嚇了一大跳。」

他好像真的被嚇得不輕，驚魂未定似的板起一張臉。

「那時候我真的非常害怕，要是崔經紀人撐不過幾天就離職怎麼辦？沒想到他居然一直撐到宋宥翰開除他為止，我真的差點被嚇到折壽十年。不知為何，看到崔經紀人發展得好，我也會跟著開心。如果我推薦的人工作順利，我也會感到安心，覺得自己的眼光沒有被辜負。或許是這個緣故吧，我希望你也能一切順利。」

他抬起頭看著我，露出笑容，甚至還豎起了大拇指。

「你在宋宥翰面前證明崔經紀人清白時，真的非常帥氣。」

但他好像突然想到什麼，馬上又盯著我眨了眨眼睛。

「是說，我很好奇一件事，你的金主是不是、是不是尹理事……」

「……」

「是不是尹理事……」

他屏住呼吸，與我對望。就在我以為要被他發現的瞬間，一直觀察著我反應的他，小聲開口呼喊。

「是不是尹理事的叔叔！」

誰？尹理事的叔叔不就是……天啊，該死。情況實在太過無言，緊繃的情緒瞬間瓦解。我不自覺皺起眉頭，但他正因自己的推測而激動萬分，根本沒把我的反應放在眼裡。

「果然是這樣嗎！哎呀，我真的推理了一段時間呢。尹理事總是特別關照你，我就覺得有點奇怪，結果今天早上在大廳看到了尹理事的叔叔！看見他和你有說有笑的身影，我就直覺是這樣了。他是愛麗絲的迷宮的社長吧？因為只有我知道他是尹理事的叔叔，保守祕密真的超痛苦的。而且你們兩個看起來也很登對，哈哈，我沒說錯吧？」

「……」

「……李、李泰民先生，你幹嘛握緊拳頭？」

他上半身向後傾，手臂交叉擋在胸前。

「你、你要揍我嗎？」

我打開神經病辦公室的門，心想這裡大概是愛麗絲社長在這世上第二想來的地方。而社長最想去的地方，絕對是幹部辦公室那層樓的廁所。我一邊胡思亂想，一邊走了進去，然後倏然停下腳步。眼前的辦公室相當乾淨整潔，與他的習慣相左，畢竟他在愛麗絲的迷宮的工作空間和住處都有些凌亂。

這裡真的是他的辦公室嗎？我的疑問馬上就消失了。戴著銀框眼鏡坐在辦公桌前工作的人，顯然就是神經病沒錯。專注盯著螢幕的他，指尖在鍵盤上敲出喀噠喀噠的聲響。我站在門邊默默凝視他，而他只是瞄了我一眼，手仍繼續敲著鍵盤。

「怎麼樣？」

我本來想反問「什麼怎麼樣」，但看見他的目光迅速打量著我的身體，我便明白了他的意思。昨晚那樣折磨我，還好意思問我怎麼樣？我差點一氣之下胡言亂語，告訴他我很好。最終，我還是冷靜地說出了正確答案。

「感覺快死了。」我挪動腳步，一屁股坐在辦公室中間的沙發上，「一直努力撐著不要昏倒。」

語氣沉悶地埋怨後，我轉頭看向他。喀啦啦。他嘴角勾起微笑，將椅子往後一推，從座位上站了起來。他摘下眼鏡放到桌上，大步朝我走來。我反常地老實承認，並誇大自己的不適，是因為我想和他談判。至少要讓他改成三天一次吧。但坐到我身旁的他，只是語氣傲慢地安慰我。

「你很快就會習慣了。」

別搞笑了。忿忿不平的斥責幾欲脫口而出，又因他接下來的話而一時語塞。

「又沒有做得很誇張，如果你喜歡粗暴一點，這次我就不克制了。」

那麼說的同時，他一把捧住了我的臉。我轉頭閃躲，忍不住皺起眉頭。

「媽的，如果你還有良心的話，就三天做一次。」

他無視我的掙扎，大拇指在我的臉頰上來回撫摸。

「我想做就做，跟良心有什麼關係？」

「我是病人耶。」

我咬牙切齒地說著，而他的手卻緩緩向後，不容反抗地扣住我的後頸。

「是你自己中刀受傷的，我什麼要顧慮你？」溫柔的笑臉朝我湊近，「你不是也很爽嗎？咬得那麼緊，還一直搖屁股。你不記得了？你還聲音沙啞地纏著我說還要。」

他的另一隻手倏然探入我的腿間，並緩緩向上移動。感覺要是放任不管，他絕對會不管不顧直接把我壓倒。不祥的寒意躥上後背，我一把抓住了他試圖深入的手。

「所以你興奮了？因為我搖著屁股跟你說還要？」我沒好氣地說完，向他提議：「那你等著吧，三天後我就會自己撲上來了。難不成你真的想和累到一直罵人的我上床嗎？」

「那倒是無所謂，不管你做什麼我都會感到興奮。」

這個神經病。騎虎難下的我正思索著該去哪裡避難時，意外聽見了意想不到的結論。

「不過呢，如果你拜託我，我可以考慮看看。」

拜託？這樣就可以？我抬起狐疑的目光，而他繼續補充。

「用敬語。」

「……」

「試試看啊。」

他慵懶催促的同時，肩膀亦靠上沙發，一副等我開口的樣子。我懷疑他只是想捉弄我，忍不住瞪了他一眼，但潛藏在心中的一絲希望又迫使我開口。儘管有損自尊，但看在快要昏倒的身體上，我只能咬牙屈服。

「……請您……三天做一次就好。」

「做什麼？」

什麼做什麼？我皺眉反問，而他聲音甜美地再次問道。

「你沒講清楚啊，你希望我三天做一次的事情是什麼？」

「……」

「好吧，不想說就算了，我也覺得這樣比較好，可以現在直接來……」

「請您三天做一次就好，我指的是……三天幹我一次。媽……」

——媽的。

我好不容易才忍住後面那句髒話。我刻意強調「幹我」兩個字，眼神惡狠狠地瞪向他，而他卻彎起眼睛。

「名字。」

「……？」

「也要加上我的名字。」

他的手指仍在我的脖子上溫柔又緩慢地游移，也不曉得是不是習慣了他的動作，並對此感到安心，即便他說的話令人憤怒，我還是沒能甩開他的手。

「你不知道我的名字嗎？」

「知道。」

「那就重新說一次。」

我不禁再次懷疑他只是想捉弄我了。我看向他，發現他眼底的笑意竟意外真摯，片刻過後，我終於再次開口。

「……請您三天幹我一次就好，尹傑伊先生。」

只見他將頭側向一旁，似乎不太滿意的樣子。

「如果你叫我傑伊哥，我就答應你，在你試鏡的前一週不碰你。」

這還真是個驚喜的提議，但也令人非常意外——哥？

「快點。」

同一句話重複了幾遍之後，已不再那麼令人難為情了，但要叫他哥，反而比要他幹我還難說出口。我總是暗自稱他為神經病、臭小子和那傢伙，對於「哥」

這個過分親暱的稱呼，我感到十分彆扭。這時，他催促般揉弄著我的耳垂。
「你不是說感覺快死了？只能勉強撐著不昏倒？」
「在試鏡前……」
我沉默片刻，小聲說出不知道已經說過幾次的話。
「……請您不要插進來，傑伊哥。」
他頓了一下，一直在我脖頸上游移的手倏然停下動作。從容的微笑此時已從他臉上消失，面無表情的他只是靜靜凝視著我。這有如實質的目光，讓我幾乎停止了呼吸。我尚未意識到自己說了一句羞恥的話，只感覺時間好似徹底靜止。也許，是我以為他會不由分說地吻上來吧。沒想到，他卻將手收了回去，與我拉開距離。他退開後，我竟莫名感到一陣失落。
「心情真微妙。」
哪裡微妙？聽見我輕聲的詢問，他站起身，語氣生硬地回答。
「感覺會控制不住，所以連親你都沒辦法。」回到座位上的他盯著電腦螢幕，漫不經心繼續說道：「試鏡練習得還順利嗎？」
「勉勉強強。」
回答的同時，我將後腦勺靠在沙發上。我現在的心情也很微妙。對於親吻的渴望比想像中更加強烈，為了壓抑這種焦躁，我刻意將注意力放在他新開啟的話題上。
「是飾演國情院員工嗎？那個角色很有意思，雖然不是主角，卻令人印象深刻。」
聽見他的評價，我驀然想起飲料在朴室長辦公室說過的話。

「那你知道嗎？公司幾個知名演員原本相中那個角色，卻又放棄的原因。」

只聽他馬上念出包含飲料在內的數個人名。

「我知道這些人本來報名，最後卻又放棄了。」

「為什麼放棄？」

「因為某個傳聞。」他嘴角勾起一抹賊笑，「那些蠢蛋打聽到某個神祕的消息後，索性就不挑戰了。」

「什麼消息？」

「你不用知道，反正你會參加試鏡，既然參加了……」他的目光離開螢幕，面無表情地轉過來盯著我：「一定要把角色拿到手。」

「我也是這麼想的，你別擔心。」

他默默彎起嘴角。

「好，你就自憑本事試試看吧，那樣我才能視結果決定。」

決定什麼？我還來不及反問，他就乾脆地給出解釋。

「看你試鏡的表現，決定你有沒有身為演員的價值。如果你落選，我就立刻開除你。」

他語氣輕鬆，我卻只覺得像被潑了一桶冷水。他說要開除我，聽起來我會因此再也無法演戲，這個認知讓我不自覺屏住了呼吸。我從沙發上挺起身，視線直直地望向他。質問的話難以啟齒，當我再次開口時，已經過了一段時間。

「原因是？」

我語氣冰冷，他則盯著螢幕，給出一個毫無誠意的答覆。

「既然沒有作為商品的價值，就要趁早斬草除根。」

喀噠，喀噠，喀噠。鍵盤聲不絕於耳，而他繼續解釋。

「比起讓你在人群面前亮相，我更喜歡把你關起來獨自欣賞。」

他轉過頭，站起來看著我。那雙不帶笑意的眼睛，冷漠得令人有些毛骨悚然。

「你應該感恩，我至少給了你一次機會。」

與神經病的對話是個契機，徹底喚醒了我隱隱沉寂的渴望。其實在此之前，我依舊不確定自己是不是真的想從事這行。躊躇未決的原因也很單純，即是我那無法輕易放下的過去。

但沒能通過試鏡就會被公司開除的現實忽然逼近，讓我礙於罪惡感、刻意不去觸碰的真心徹底浮現出來。比起被困於過往，失去前進的方向似乎更令我焦躁不安。

他說公司會開除我，同時也說了不希望我在人群面前亮相，要是這次試鏡落選，就算我想另闢蹊徑，他也一定會出手阻撓。而讓我無從反駁的理由十分簡潔明瞭——不具作為商品的價值。

不管想做什麼，直接行動不就好了？明明可以這般說服自己，我卻無法輕易訴之於口，就算罵我是懦夫，我也百口莫辯。畢竟沒有天分，就只會在反覆的挫折中被磨平稜角，最終被自己終究無法靠近目標的殘酷現實徹底擊潰。儘管很晚才發現自己喜歡的事，但直到此刻我才明白，那並不一定會帶來幸福。

啪啦。

我翻過劇本，仔細凝視著已讀了不下數百次的臺詞。想獲得認同的迫切沉重地壓在心頭，竟讓原本爛熟的文字與先前截然不同。我默念著臺詞，忽地想起鄭製作人拍攝的電影——成功從事理想工作，卻發現自己缺乏天賦的主角。

畢竟那不是我飾演的角色，我先前也沒有特別關注，更遑論理解角色的心境。我不明白他為何如此絕望，只覺得他的煩惱十分可笑。想做什麼事，直接去做不就好了？身為旁觀者時輕易得出的結論，在自己成為局中人後，卻再也無法輕易說出口。

此刻我已切身感受到，要放膽去做自己想做的事，究竟需要多大的勇氣。彷彿在壓抑有些事並非單靠努力就能獲得回報的恐懼，我張開嘴，像第一次閱讀劇本般，一字一句大聲朗誦。

隔天開始，我就此劇本不離手。雖然先前也總是帶在身上，我現在卻像個備考的學生，不管吃飯或坐車，一有空就認真閱讀和背誦臺詞。不知不覺間，我的大腦似乎徹底被劇中情節占據，所以當收到一通意想不到的來電時，我想都沒想便下意識地接起電話。聯絡我的人是面善男。

『聽說你出院了？身體都恢復了嗎？』

我正因經紀人叫我過去一趟而待在公司。不過，找我過來的經紀人實在太忙了，留下一句「明天再找你討論」就匆匆離開，只剩漢洙坐在我的對面。此時，我和漢洙正在陪對方對戲。

「怎麼了？」

我直切正題後，他一副早有所料的樣子，無奈地笑了一下，支支吾吾地開口。

『其實……我不小心做了一件會讓你討厭的事。』

「什麼事？」

『那個……可能是我前陣子費盡心思，不讓凱文知道你的電話號碼，所以在凱文突然被他爸帶回美國之後，就鬆懈了下來，以致於沒考慮到其他人……』

他再次含糊其辭。在等待下文的期間，得知凱文已經回到美國的我，猛然想起了神經病和他們見面時傳給我的簡訊。

——二十分鐘就可以徹底搞定。

原來他說的搞定，是把人送回美國的意思嗎？儘管不知道用了什麼方法，但那的確很像他的作風。這時，猶豫半晌的面善男再次開口。

『我以為只要提防凱文就好……一時大意，就把你的電話號碼給出去了。』

「給誰？」

『那個，嗯，他說他費盡千辛萬苦，還跑到很遠的地方找你，又一直哀求我說今天是個特別的日子。』

很遠的地方。我忽然想起了一個人。

「是李攝影師嗎？」

話音未落，比起話筒另一端，眼前的人顯然更快有了反應。咻一聲，漢洙急忙抬起頭。

『嗯，是李攝影師。他兩個星期前聽說你住院的消息，想去醫院探望，卻得知你已經出院了，所以沒見到你。』

兩週前我明明還在住院啊。看著眼前瞪大眼睛的漢洙，我好像知道向他聲稱我已經出院的人是誰了。

『抱歉，我把你的電話號碼給他了，我是不是不小心做錯事了？』

反正我也還欠李攝影師一個人情，要協助他拍一組裸照，遲早都要見他一面。

我回答了句「沒關係」，便掛斷電話。而漢洙彷彿終於等到時機，急急忙忙問我。

「李攝影師？難道剛才那通電話是李攝影師打來的？」

我正準備搖頭否認，剛掛斷沒多久的電話又開始震動。這次是陌生的號碼。

「不是。」

我給出否定的答案，並再次接起電話。我連「喂，你好」都還沒說完，話筒另一端就傳來一聲吶喊。

『啊啊——！是泰民先生啊，真的是你！』

我以為李攝影師叫我前往的只是一間普通餐廳，但看到門口絢爛的霓虹燈，以及身穿制服的人們戴著無線對講機來回奔走，這裡顯然是一間酒店，而且還是只接待特定客人的會員制高級俱樂部。本來只是猜測，沒想到他居然真的在酒店打電話給我。我倏然想起了方才李攝影師激動的聲音。

『哎喲，我真的很想你！我聽到你受傷都快嚇死了！後來聽說你昏迷整整一星期，我真的哭了好久，嗚嗚嗚……可是我去醫院的時候，他們卻說你已經出院了，院方也說沒有叫李泰民的病人。嗚嗚嗚，嗚，可不可以讓我看看你的臉？拜託了，今天是我生日耶！』

我對著哭到連話都說不清楚的他問了句「你是不是喝醉了」，結果他一邊傻笑，一邊胡言亂語地回答「吃飯的時候有喝一點」。後來，他不依不撓說如果我不過去，就會一直打電話，我才勉為其難過來一趟。沒想到他居然真的在酒店喝醉了。

不過算了，我本就欠他一個人情，也打算抽空跟他見一面。

「李攝影師在這裡嗎？」

緊貼著我的漢洙，詫異地掃視著金碧輝煌的大門。我說要去見李攝影師，他的眼睛立刻冒出警覺的火光，硬是跟了過來。嘴上說自己只是閒閒沒事，所以一起過來看看，但他的表情卻相當堅決，彷彿下定了某種決心要守護我一般。

儘管可能衍生其他不必要的麻煩，可看著他緊抓著我的手臂不放，要甩開他顯然更加麻煩，我只好把他一併帶了過來。進去前，我先打了通電話給李攝影師。叮鈴鈴，電話撥通了，他卻遲遲沒有接起。就在我準備掛斷時，一個陌生聲音接起了電話。

「請問這是李攝影師的電話嗎？」

我詢問後，年輕男人著急地回應。

『是的，沒錯。請問是說好要過來的李泰民先生嗎？你現在人在哪裡？已經到了嗎？』

我回答「我在酒店門口」後，電話另一頭的人好似鬆了口氣。

『哇，你來得正好，真是太好了，請稍等一下，我這就出去接你。』

這個人是誰啊？掛斷電話後不消片刻，就有人從門口跑了出來。定睛一看，我才終於想起來，他是我首次前往李攝影師的工作室時，戴著眼鏡負責接待的員工。只見他先是一陣東張西望，隨後便欣喜地朝我跑來。

「你來得正好，趕快跟我過來，現在裡面已經吵成一團了。」

「在吵什麼？」

聽到我平靜的詢問，正準備跑回去的他腳步頓了一下。

「那個……李攝影師喝得有點醉，和別人起了衝突。你知道吧？今天是他生日……」

據他解釋，情況是這樣的——雖然今天生日，李攝影師卻因年過三十仍單身而十分憂鬱，聽見我要來才欣喜若狂，跑去預約好的包廂狂歡。有幾個工作室員工和跟他比較熟的模特兒同行，模特兒當中也有女生。其中一個女生中途暫離包廂，一直沒有回來，其他人便出去找，才發現她被其他包廂的人逮住不放，造成了進退兩難的局面。而那間包廂的其中一人是個富三代，女生也不太敢反抗。李攝影師知道對方的身分後，本想和和氣氣地把人帶走，富三代卻見色起意，大吼著要他滾開。已經喝得爛醉、情緒特別激動的李攝影師，一言不合便和對方發生爭執。

「你過去勸勸李攝影師吧，他現在已經失去理智了，根本不聽其他人說話。那間包廂裡的人都不好對付，要是出了問題，李攝影師之後可能會很難做人。但如果是你的話，他一定會聽……」

「是因為富三代不好惹嗎？」

「對，而且富三代的同行友人都是藝人，畢竟是同行，我很擔心這件事會對李攝影師帶來負面影響。」

藝人？我問他們叫什麼，從他口中聽見了三個熟悉的名字。一聽見這幾個名字，我差點忍不住笑了出來。這不就是我在公司練習室見到的那三個傢伙嗎？如同證實我的猜測，就聽眼鏡助理繼續說道。

「他們應該跟泰民先生一樣，都是夢想旗下的藝人。」

接著，一旁的漢洙率先有了反應。他緊抓著我的衣服，悄聲在我耳邊說道。

「那個，我們好像不該被牽扯進去。」

只不過，眼前的眼鏡助理已急急忙忙地把我拉了過去。

「請趕快去勸勸他！」

跟在身後的漢洙，一臉想要制止我的模樣，一路上不停開口勸阻。

「要不要直接回去？嗯？要是同時和三個人起爭執，公司也……現在明新哥已經離開，沒有人會故意找我們麻煩，沒必要捲進這種事。」

我跟著眼鏡助理的腳步停了下來，開口對漢洙說道。

「你先回去。」

「我一個人？」

「我去把李攝影師帶出來，你先回去。」

「不要理……」漢洙偷瞄了一眼在前方等待的眼鏡助理，將聲音壓得更低：「不要理他就好了，反正他喝醉了。」

「我得去，我欠了他一個人情。」我打斷漢洙，語氣生硬地繼續說：「而且我已經跟那三個人打過交道了，所以沒差。」

他似乎被我的話嚇了一跳，一動不動地愣在原地。我推了推他的肩膀，示意他趕快離開。不過，咬著嘴唇的漢洙搖了搖頭，往前踏出一步。

「那我也要去，因為我也欠了人情。」

欠李攝影師嗎？我訝異地看著他，而他放低目光，小聲咕噥。

「……欠泰民先生的人情。」

你欠了我什麼人情？儘管十分好奇，但眼鏡助理在前方著急地催促，我只能繼續邁開腳步。當我們抵達半掩著門的包廂，這個疑問立刻被我拋諸腦後。只聽門內倏然傳來一聲音色神似李攝影師的吶喊。

「什麼！你有總就再縮一次！」

他舌頭打結，顯然已經醉得連話都說不清楚了。不知道是不是李攝影師的同行友人，一個又高又瘦的男人焦急地站在原地，看見眼鏡助理後又急忙指向裡面。

「你們快勸勸他，裡面其他人想把他拖出來，他卻賴在地板上抱著桌腳，根本拉不動。而且裡面那些傢伙看李攝影師激動的樣子，簡直像在看戲一樣，還把前來勸架的服務生請了回去。一群爛人，故意講那種話，讓李攝影師更生氣……」

「那種話？」

眼鏡助理開口詢問，但無須多言，我也立刻知道了大致內容。只因李攝影師此刻正在包廂內憤怒大喊。

「喂！你們這些湊小子！對啦，我，我就四 Gay，這哪裡噁心了！我、我喜歡男倫錯了嗎！」

隨後傳來的聲音，讓門外的我們一行人全都安靜了下來。

「呵呵呵，那個白痴。」

「哈哈哈——你們看，他還抱著桌子講話。」

他們陰陽怪氣的嘲笑，如同一桶冷水潑在我們身上。眼鏡助理好像生氣了，他咬了咬牙，準備轉身衝進去替李攝影師出頭。

「那些臭小子……」

啪。

我一把抓住正準備衝進去的他，將驚訝回過頭的他拉到身後，自己率先走了進去。包廂裡擺了張能坐下十幾個人的寬敞沙發。在整齊排列的沙發上，四個各自摟著女人的年輕男人率先映入眼簾，在那之後才看見李攝影師癱坐在擺滿酒瓶與各種下酒菜的大桌子前方，手正緊緊抓著桌腳不放。

三名進來勸他的同行友人緊挨在李攝影師身邊，而李攝影師勾著桌腳，勉強將下巴靠在桌面上大吼大叫。這幅景象，就連我看了也覺得有點搞笑。可能是目光全都聚集在李攝影師身上，包廂內的眾人並未注意到推門進來的我。

「什麼？你、你棉是在笑我嗎！喂，喂，你、你們憑什麼笑我！我、我……」

李攝影師說得越多，坐在沙發上的人就笑得越開懷。我走向前，伸手推開環繞李攝影師的人們，請他們退後。意料之外的人突然闖入，他們先是慌張地盯著我，在看見緊隨其後的眼鏡助理後才趕緊退開。即使眾人退了開來，李攝影師仍在大吼大叫，完全沒有清醒過來。我將手伸到桌上，拿起不遠處的冰桶。

「一個倫喜歡另一個倫，有、有什麼好……」

——唰啦啦啦！

半桶冰塊和融化的冰水，不偏不倚地澆在李攝影師頭上。伴隨冰塊啪啦落地，李攝影師的喋喋不休終於停了下來。

「呃啊！好痛！搞、搞什麼！」

濕冷的寒意和冰塊砸下的疼痛讓他瞬間低下頭，而後又立刻抬起目光。

「是誰……！」

即使喝得爛醉，在看見我的瞬間他還是驚訝得瞪大雙眼。

「哇，是、是泰民先生！泰民先生……」

見他認出我之後，我再次拿起桌上的酒杯，朝他臉上潑了過去。

——唰！

濃郁的酒味道立刻飄散。我對著被潑了一臉酒、表情呆滯的李攝影師問道。

「清醒了嗎？」

他呆滯地點了點頭。

「放開你手上抓的東西。」

他趕緊鬆開勾住桌腳的手臂。

「起來吧。」

「嗯。」

聞言，他迅速起身，但因酒精而無力的雙腿讓他一陣踉蹌，幸好站在身後的友人趕緊上前攙扶，才讓他免於又跌回地上的窘境。我對著在兩側攙扶李攝影師的人指著外面。

「請你們把他帶出去。」

「什麼……好的。」

兩人同時大力點頭，把開始看著我傻笑的李攝影師帶了出去。確定他們已經離開包廂後，我才轉身面向從方才開始便安靜下來的沙發。已經認出我的三人正錯愕地盯著我，而看起來像富三代的年輕男人則瞇起眼睛。在他身旁的女生，大概就是被拖住的模特兒吧。只見她梨花帶淚，正在一旁瑟瑟發抖。富三代緊摟著她的肩膀，貼著她開口。

「你誰啊？」

明明是對著我提問，回答的卻另有其人。

「李泰民，我們公司的新人。」

濃眉小子說完，坐在一旁長相天真的嘴臭仔也跟著說道。

「不把前輩當一回事、非常囂張的傢伙。」

語畢，富三代好像明白了什麼似的點了點頭。

「新人？喔，難怪一副乞丐樣。」

「別看他這樣，他可是大有來頭呢。能躲過尹理事大刀闊斧的無情裁撤，要不是金主夠屌，就是默默無聞到連尹理事都懶得搭理。」

而蹺著腳、斜眼看我的飲料好像突然想起什麼似的，緊隨其後接著說道。

「啊，對了，那傢伙也是Gay。」

他咧嘴賊笑，濃眉小子也跟著嘻嘻笑了起來。

「呵呵，他的金主該不會是剛才出去的李攝影師吧？」

說完後，包廂裡再次爆發一陣哄堂大笑。我平靜地掃視他們，指著唯一沒有笑容、眼眶含淚的女生。

「出來吧。」

女生驚訝地睜大眼睛，摟著她嘻笑的富三代卻表情驟變。

「喂，死乞丐，趁我們願意給你好臉色看的時候，自己趕緊滾吧。」

我沒有理他，再次對女生重複。

「起來吧。」

愣愣反問了句「什麼」的她，先是顫抖著望向旁人的臉色，才終於有所動作。不過，她剛要起身，富三代便抓住她的手用力一扯，讓她狼狽地跌坐回沙發上，發出一聲幾不可聞的哀號。

「妳要去哪裡？幹，反正妳給人家拍照不就是想抬高自己的身價，能坐在我旁邊算妳走運。」

女生縮起肩膀，再次淚眼汪汪地望向我。儘管又開始害怕顫抖，可她也沒有向我求救，只是搖了搖頭，用唇語對我說道。

——你走吧。

我盯著她看了一會兒，退後一步俯視著狼藉的地板。被我潑出去的酒水在地板上積成淺淺一灘，尚未完全融化的冰塊散落其中。

「喂，李泰民，沒聽到我們叫你出去嗎？趕快帶著你被男人上過的噁心屁股滾出去。還是你想死在這裡？嗯？」

濃眉小子凶狠地大喊後，還未等我出聲，一句突如其來的反嗆卻霍地自身後傳來。

「笑、笑死人了！你、你、您們比較噁心啦！」

匆忙跑上前的人是漢洙。我莫名其妙地轉頭看他，只見他明顯地顫抖著，卻故作堅強地再次吶喊。

「我、我們會自己離開，不、不用你……您們管！」

那因過度緊張而加上的敬語，讓這底氣不足的反抗聽起來更搞笑了。他看著那些傢伙傻眼的表情，迅速拉住我的手臂。

「趕、趕快出去吧。」

儘管他顫顫巍巍地小聲咕噥，我卻望著地板搖了搖頭。

「我得先把這裡清理乾淨。」

漢洙以為我指的是冰塊，露出了無法理解的納悶表情，而我則是撥開他的手，拿起稍早放回桌上的空冰桶。見我抓起塑膠冰桶，眾人瞬間投來「你要幹嘛」的疑惑目光。

「李泰民，你趕快滾出去……」

啪，喀吱——

冰桶倏然墜地，在我腳下發出一聲塑膠碎裂的刺耳聲響。

我抬起頭，平靜地開口。

「抱歉，冰桶碎了。」

接著，我拿起空酒杯朝桌面狠狠一砸。

鏘啷啷——！

「啊！」

「媽的！」

碎裂的玻璃發出一聲巨響，尖銳的碎片四處飛濺。女人的尖叫陣陣傳來，包廂裡頓時陷入一片混亂。隨即，抬起手臂擋住臉的四個傢伙立刻咒罵出聲。

「喂，臭小子！你找死啊！」

「幹，瘋子。」

四人當中，濃眉小子和富三代猛然站起身，看來他們兩個應該是負責動手的。

但我並未理會，只是轉而看向飲料。

「聽說你到處打聽我的消息？那你應該知道我住院一個多月囉？」

他不耐煩地瞪著我，一副「所以呢」的表情。

「但你好像沒聽說原因？」

「嗯？什麼原因？」

「我住院的原因。」

「關我屁事，想也知道你是被男人肛到屁股裂開才住院的。」

「差不多。」

簡短回答後，我緩緩伸出手，拿起不遠處的啤酒瓶。

「某個傢伙拿刀捅我，把我的肚子捅出一個洞。」

喀啦啦啦——

我握住啤酒瓶的瓶口，緩緩沿著桌面將它拖到自己面前。

「昏迷了一週才勉強活下來。那些被我幹掉的人我略有耳聞，卻沒聽說拿刀捅我的那傢伙的消息。你們知道他在哪裡嗎？」

飲料皺起眉頭，有些遲疑地反問。

「我哪知道拿刀捅你的人是誰？」

「你應該知道吧，你不是對我活下來這件事很好奇嗎？」

「什麼？」

他的眼神逐漸轉為訝異，見此，我說出他在朴室長辦公室提起的人。

「死掉的金會長手底下的黑道老大。」

霎時間，除了仍怒火中燒的富三代外，其他三人都瞬間愣住了。我直視著表情驚訝的飲料，漫不經心地繼續說道。

「雖然是我先拿刀插他大腿的，但他居然捅了我肚子？不覺得很不公平嗎？我差點沒命耶。如果你們有聽說他的消息，記得跟我說一聲，那樣我才能——」

匡！鏘啷啷——！

啤酒瓶在桌面上敲出震天巨響，瓶中液體隨著尖銳的玻璃碎片一同四散。但與方才相比，眾人彷彿被按下了靜音鍵，尖叫或辱罵徹底消失，只有幾聲幽微的抽氣隱隱傳來，整間包廂安靜得彷彿一座墳場。拜此所賜，我低沉的聲音清晰地在包廂傳開。

「也朝著那傢伙的肚子捅一刀。」

我拿著碎裂的啤酒瓶，隨興地站著，慢慢抬眼環視他們。除了富三代之外，剩下三人皆是一臉僵硬。只見富三代好像對這莫名的沉默感到不解，忍不住開口。

「你到底在鬼扯什……」

話還沒說完，飲料便伸手制止了他。他站起身，露出懷疑的眼神瞪著我。

「幹，你是隨便鬼扯唬爛我們的吧？」

「不信的話，你就親自確認看看啊。」

我將手中碎裂的酒瓶丟向他。

砰，咚，咕嚕嚕——

裂成一半的酒瓶沿著桌面滾動，撞上他面前的玻璃酒杯。飲料忍不住瑟縮了一下，又立刻強裝鎮定地翻了個白眼。

「確認什麼？」

「如果你覺得我在鬼扯，就拿那個刺我啊。接下來我會讓你好好見識，看我到底敢不敢把它捅進你的肚子。」

「……」

飲料一臉驚恐地閉上嘴巴，我將目光挪向一旁，凝視富三代。

「還是你要試試？」

「……幹，你以為我不敢嗎？」

他一邊怒吼，一邊拿起酒瓶準備衝向前。見狀，一旁的飲料急忙將他攔住。

「別衝動，那傢伙只是在挑釁你，別中了他的計。」

「他不是叫我動手嗎！以為我不敢嗎！」

他抓狂般掙扎，試圖甩開飲料的阻攔。飲料趕緊向濃眉小子和長相天真的嘴臭仔使了個眼色，讓他們一同上前制止。接著，他轉頭看向我，開口怒斥。

「王八蛋，還不快滾？」

我無視他的叫囂，再次對在人群中瑟瑟發抖的女生開口。

「出來吧。」

我抬了抬下巴，那名女生趕緊越過沙發走了過來。無力的雙腿讓她的身形搖搖晃晃，在我身後的其他人趕緊上前把她帶了出去。直到這時，我才對愣在一旁的漢洙說出他一直想聽的話。

「出去吧。」

不堪的怒罵在身後不絕於耳，我們就這樣走出了包廂。

一走出酒店，首先映入眼簾的，是李攝影師表情呆滯地坐在人行道欄杆上的身影。受到驚嚇的女模特兒似乎終於鬆了口氣，正靠在友人的肩上嚎啕大哭。在人們紛紛湊過去安慰時，我來到了李攝影師面前。一看見我，他立刻搖搖晃晃地站起身。一旁的眼鏡助理趕緊上前攙扶，李攝影師靠在他身上，仰頭望著我。

「泰民先生，你真的來了。」

方才被我潑了一杯酒，他的衣服仍濕答答的，散發出濃濃酒味。但可能是室外涼爽的空氣讓他的神智清醒了些，口齒也終於變得清晰。儘管格外閃亮的眼睛依舊有點奇怪就是了。

「泰民先生，你出現的時候，我真的以為心臟要停止跳動了。哎喲，雖然你澆了我一桶冰塊，還拿酒潑我，但你實在太帥了，我的腿現在還在抖呢。」

我很想跟他說「那是因為你酒還沒醒」，他本人卻強烈否認。

「泰民先生！我本來喝酒不會這樣的！但今天是我生日，因為老了一歲卻依然單身實在太過悲傷，就忍不住多喝了點，結果好像不小心喝醉了。現在我已經徹底清醒了！而且我之前喝醉根本不會那樣胡言亂語！」

你就算沒喝醉也會胡言亂語啊。我本來想這樣戳穿他的辯解，但看著他悲催的表情，我選擇閉上嘴巴。只可惜，身旁某個忿忿不平的傢伙立刻就讓我的苦心全都白費了。

「呿，最好是啦，你平常明明也會胡言亂語。」

即使喝醉，李攝影師依然聽見了漢洙抱怨似的呢喃，猛然轉過頭來。

「嗯？你就是詛咒我的那個、崔經紀人帶的醜八怪藝人！」

「靠！誰醜了？大家都誇我可愛！」

「哼，你在我眼裡就是醜。」

「你只會胡言亂語，怎麼好意思說我！」

「什麼？醜八怪！」

「胡言亂語！」

「醜不拉嘰！」

兩人彷彿喝嗨的醉漢，幼稚地鬥著嘴。不過，讓人十分不爽的是，大家似乎都認為我是和事佬，一直盯著我看，尤其眼鏡助理更是一臉哀怨，於是我只好不耐煩地開口。

「你們很吵。」

煩人的爭吵倏然停歇。儘管偷偷觀察著我的反應，兩人還是一刻不停地瞪著對方。我先對李攝影師開口說道。

「李攝影師，別再喝了，回家睡覺吧。」

「可、可是我還沒過完生日……」

「去睡覺。」

「……嗯。」

他憂鬱地點點頭，然後小心翼翼地抬頭問我。

「你要一起去我家嗎？」

「不要，才不去！」

漢洙趕緊插嘴，而李攝影師再次目露凶光。

「你不用過來！」

「哼，就算你求我，我也不去。」

「我才不會求一個醜八怪。」

一切又回到原點，我也再次接收到求我勸架的哀怨目光。

「媽的，閉嘴。」

兩人再次委屈巴巴地閉上嘴。明明連一口酒都沒喝，我卻感覺自己如宿醉般頭痛欲裂。我一心只想趕快搞定離開，便對李攝影師說道。

「李攝影師，我不會去你家。」

聞言，漢洙立刻發出竊笑。而我對著與之相反、哭喪著臉的李攝影師繼續開口。

「還有，推遲拍裸照的事我很抱歉，你下週再跟我聯絡吧。」

李攝影師的表情豁然開朗，哭喪的表情瞬間轉移到漢洙臉上。

「嗯，嗯！我下週一定會跟你聯絡！」

李攝影師興奮得手舞足蹈是無妨，但看著他臉頰泛起紅暈，讓我頓時有些懊悔。為什麼我會莫名產生之前凱文說要跟我去廁所時，同樣不安的感覺呢？然而，不只有我後悔莫及，漢洙也不滿地開口。

「難道你因為欠他人情，就要拍裸照嗎？」

我回答「嗯」之後，他又再次瞪向李攝影師。

「靠，你還有良心的話，今天就把這筆人情抵銷了吧。你知不知道泰民先生為了你，在裡頭遭遇了什麼困境？而且為了救出那個女生他還……靠，跟我們公司出了名脾氣暴躁的三個前輩槓上。那些人會煽動其他前輩排擠自己不喜歡的後輩，還會在片場集體霸凌對方，是一群惡名昭彰的敗類！而且我聽說，跟他們待在一起的人是富三代？剛才那個人被泰民先生氣到想殺了他耶，要是他們對他不利怎麼辦？」

漢洙氣憤地說完，周圍卻是一片靜默，眾人的目光全都集中在我身上。我抓住仍忿忿不平的漢洙，將他拉到身後。只見李攝影師神色慌張，不斷左右張望，直到我呼喚他，他才再次看向我。

「李攝影師。」

「嗯？嗯……」

「那只是一件小事，你不用放在心上。」

「……」

「你下週決定好拍攝日期再跟我聯絡吧。」

「……」

我丟下沉默不語的他，拉著漢洙準備轉身。離開前，我回頭看向若有所思、呆滯望著我的李攝影師。

「還有，祝你生日快樂。」

在地鐵站入口查看末班車時間時，一旁傳來了憂鬱的嘟囔。

「那才不是一件小事。」

轉頭一看，只見漢洙正不滿地抬頭看著我。

「你可以直接拒拍裸照啊，你今天都幫他這麼多了。」

「那是我擅自決定幫忙的，跟我欠他的人情無關。」

「……」

「倒是你，你又欠了我什麼人情？」

想起這小子之前說過的話，我忍不住開口詢問。他嘴上說著「喔對」，然後悄悄迴避了我的目光。我默默等待著他的解釋，片刻過後，他才勉為其難地開口。

「我聽現場經紀人大叔說，他在你受傷之前一直跟著我，是你去拜託他的關係。聽說金會長好像盯上我了？所以那時候才會被金會長的部下圍堵。」

我以為現場經紀人口風很緊，沒想到他居然這麼大嘴巴？可惡，從他一直咕噥著自己的可憐處境時，我就該發現了才對。

「因為現場經紀人大叔顧著保護我，讓你獨自奮戰，你才差點沒命……」

漢洙低下頭，哽咽著沒把最後一句話說完。他像在忍住不哭似的，喉嚨傳出呃呃的抽泣聲。見狀，我只是平靜地開口。

「算了吧。」

漢洙縮了一下肩膀，抬起頭。

「你認為我會為了你，去拜託別人那種事？」

「對。」

「……」

「你就是那種人啊。」

「……對，我是。」無言地承認後，我又繼續冷漠開口：「不那麼做的話，事情會變得很麻煩。要是你被那些傢伙抓走，哭哭啼啼的經紀人跟你會讓我覺得很煩。你懂我意思嗎？」

不過，漢洙只是緊閉雙唇，把頭轉了回去。這個臭小子。

「先不說這個了，那件不是小事的事情怎麼辦？要是那些傢伙做了不好的事呢？」

我掏出震動的手機，漫不經心地回答。

「就讓他們做啊。」

——三十分鐘就能搞定，你過來這裡。

簡訊裡寫著某間店的地址和電話。我轉過身，對漢洙說出最後一句話。

「因為我有信心能復仇。」

神經病給的地址距離我並不遠。現在本來是舞臺劇表演後，額外練習的結束時間。因為劇場距離那裡差不多三十分鐘的路程，他才會傳那樣的訊息給我。不過，從其他地方出發的我，才十五分鐘就抵達了。

前往那家店的路上，我不禁心想，他今天的飯局是不是不太重要？據我所知，和別人見面時，他通常會選擇約在愛麗絲，那裡的包廂監視設備齊全，可以防範各種事情。而且他習慣工作到很晚，如果有酒局，也基本都是凌晨才結束回家。可現在還不到十二點，居然就已經結束了，甚至還約在愛麗絲以外的地方？

我猜今天的飯局和平常不太一樣，應該比較輕鬆，便來到入口附近等他。沒過多久，他就在服務生的帶領下走了出來。看著服務生朝他九十度彎腰鞠躬，我離開原本倚靠的牆壁，準備朝他走去。沒想到，有人搶先一步叫住了他。

「你給我等一下！」

砰，砰。踏著連我都能聽見的響亮步伐，某個男人從神經病剛才待的店裡跑了出來。

「我還沒說完，臭小子！」

他粗魯地咆哮著，擋在剛走出來的神經病面前。多虧如此，我才能看清楚他的長相。他外表帥氣，卻給人一種輕浮的感覺。而這一點，也能從他激動漲紅的臉上窺見一二。

「你是怎樣？沒聽到我說話嗎？爸病倒了！你這傢伙過了十幾年才突然出現，無恥地拿走所有財產，把家裡搞得烏煙瘴氣……」

「那本來就是我的。」

儘管音量不大，神經病的聲音卻莫名比男人面紅耳赤的咆哮還要清晰。男人怒火中燒地瞪著神經病，咬牙質問。

「你說那本來……就是你的？」

「對，不然是誰的？因為這種事而病倒的老爸？還是你？」

「那當然是爸……」

「難道不是你之後想繼承？」

暫時閉嘴的男人再次低吼般反問。

「你不爽我之後能繼承那些財產是不是？」

「對，非常不爽。」

「臭小子，講話小心點。我也有繼承資格，我才是一直陪在爸身邊的、爸真正的孩子！」

「喔，你認為那是資格嗎？」

男人皺起眉頭，輕聲反問了句「什麼」，神經病則繼續緩緩說道。

「你所謂的資格，是明明缺乏能力，卻因為是社長的兒子而當上公司重要幹部，搞砸了每一件事嗎？聽說原定去年年底要引進的國外技術，也因為你拒絕的關係，被競爭對手超車了。現在公司在那個領域的業績，相較去年跌了一半以上。而且你還導入沒用的技術，到處遊說關說，試圖將它制定成國內標準，殊不知那種技術美國早就不用了。」

「……」

「你的愚蠢行徑簡直罄竹難書，能拿到夠你下半輩子不愁吃穿的遺產，你就該心懷感恩了。等你離開這間公司，在其他地方絕對找不到工作。」

「你這是……什麼意思？」

「還能是什麼意思？身為公司老闆，我當然要開除你這種垃圾。」

男人指節發白，緊握的拳頭開始微微顫抖。

「你、你要把我趕走？就憑你？你怎麼敢！別搞笑了！以為我會讓你稱心如意嗎！」

最後他撲上前，似要揪住神經病的衣領，但他宛如一個試圖挑戰大人的孩子，手臂被輕而易舉地抓住反折。

「呃呃！」

男人一聲慘叫，恥辱地應聲倒地。終於沒人擋在自己身前，神經病如同跨越障礙物般，徑直跨過他向前走去。男人似乎氣憤難平，勉強從地上起身大喊。

「是你跟你媽在二十一年前自己離開這個家的！事到如今你卻要報復我們嗎！」

走了幾步便停下的神經病轉過身，嘴邊沒有他一貫保有的禮貌笑容，只是面無表情地俯視男人。他眼裡的殺意恍若實質，彷彿隨時可能痛下殺手，就連隔了一段距離的我都忍不住屏住呼吸。男人似乎也本能地感受到威脅，只見他瑟縮著身體，屁股貼著地面向後退去。

「我的行為哪裡像報復了？」

「什麼？你、你現在對我們做的一切都是……」

「要是我存心復仇，你根本拿不到任何遺產。」

男人一頭霧水地問他是什麼意思，神經病的嘴唇卻微微彎起，那是他慣常露出的、皮笑肉不笑的樣子。

「我會把你們統統解決掉，你還想領什麼？」

「你說……解決掉？」

「對，要不是我媽的遺言有特別交代。」

「交代什麼？」

男人愣愣地詢問後，神經病嘴角的弧度彎得更明顯了。如同露出獠牙的野獸，殘忍的神色自他的瞳孔中漫溢而出。

「她交代我不可以親自動手殺人。」

神經病繞過店家所在的大樓，前往陰暗的停車場。我保持距離跟在他身後，而他走到一半便掏出手機。接著，我的手機立刻傳來震動。我停下腳步，接起電話。

「嗯。」

『你到哪裡了？我去接你。』

我環顧四周，回答他。

「我不知道這是哪裡。」

『告訴我，你在附近看到什麼，我會找到你。』

看到什麼……

「我看到你在我前面十公尺的位置。」

快步前進的他猛然停下腳步，緩緩轉過頭。坦白說，他擁有動物般敏銳的直覺，我原以為他會發現跟在後頭的我。但他剛才似乎在思考其他事情，並未發現我的行蹤。看見我的他，原路折返朝我走了過來。

喀噠，喀噠。

伴隨著一陣響亮的腳步聲，他走到我面前，劈頭就問。

「你沒待在劇團，跑去哪裡了？」

你見到我想說的話，就只有這句嗎？我提早出現，你不是應該先感到開心嗎？我感覺這些想法有點像正在逼問妻子是否外遇的丈夫，於是簡短地回答。

「我睏了。」

我經過挑起一邊眉毛的他，走向停車場。

「我睏了，路上再說給你聽。」

慢了半拍才跟上來的他，忽然一把拉住我。一轉眼，他就走到了我前面。但真正讓我愣住的，是他拉住我的手。因為太過驚訝，我的腳步倏然停了下來，忍不住開口問他。

「喂，你在幹嘛？」

「還能幹嘛？去開車啊。」

「我說的是這個，不是那個。」

我低聲說著，一邊用下巴指了指我被牽起的手，而他卻厚顏無恥地將手舉了起來。

「這怎麼了？」

「幹，放開啦。」

「不要。」

為什麼不要？我瞪著他，他卻溫柔地笑了笑。

「因為我很開心。原本見到垃圾心情很差，一看到你，那些情緒就全部消失了。」

知道他說的垃圾是誰，我忽地放棄反抗，原本掙扎的手也不再用力。他的表情幾乎沒有任何變化，看起來似乎沒有受到影響，但內心所想恐怕只有當事人自己知道吧。不論他與母親的關係如何，依舊無法掩蓋他被和自己血緣相通的父親和祖父拋棄的事實。我心想既然他這麼開心，這次就不跟他計較，並決定寬慰他時，他接下來說的話，瞬間讓我打消了念頭。

「而且你害羞的樣子很可愛。」

聽到這番形容，我的表情立刻凶狠起來。

「你說誰害羞了？」

「那你幹嘛臉紅？」

我忍不住瑟縮了一下。我、我有嗎？

「啊，我看錯了。」

他噗嗤一笑，明目張膽地捉弄我。這個臭神經病。

「放手！可惡，又不是女孩子，幹嘛無緣無故牽手。」

「意思是只要有理由就可以囉？」

什麼？哪可能有什麼理由。

「我擔心你會跌倒。」

這真是世界上最離譜的理由。當我準備一腳踹開他，展現我的腿有多麼孔武有力的瞬間，他突然用力拉了一下我僵持的手臂。事發過於突然，我被他的力道拉得重心不穩，往前踏出一步，一副快要跌倒的樣子。他滿意地看著我踉蹌的動作，再次用同樣的藉口一把將我拉了過去，並笑著說道。

「你看，就像這樣。」

這傢伙一定是動手殺人後，還會裝模作樣幫對方舉辦葬禮的那種人。一想到這，我突然開始尊敬他媽媽了。被他拉近的同時，我不經意地喃喃開口。

「你媽真有智慧，居然留下那種遺言。」

他應該聽見了我說的話，卻沒有任何反應。直到抵達車前，他才鬆開我的手，開口回答。

「對，她很有智慧。因為她讓我明白了，即使不自己動手，也有很多方法可以殺人。」

車子行駛了一段時間，他讓我交代自己究竟去了哪裡，才會提早抵達。但要詳細說明太麻煩了，於是我只說了重點。

「我去見了李攝影師一面。我向明新復仇的時候欠過他人情，所以決定幫忙他的一項個人計畫。我是過去談那件事的。」

當然，我省略了在酒店發生的事。畢竟他是夢想的理事，總覺得說出那些藝人的名字，有點像找老師打小報告。我認為這個答案應該不會有什麼問題，他卻意外展現了興趣。

「李攝影師就是幫你拍形象照的那位？聽說只拍他喜歡的人的那位？」

「對。」

他很清楚耶。我感到十分意外，而他繼續溫柔地笑著詢問。

「我看過你的形象照，拍得很好。他好像很喜歡你？」

「聽說是。」

我敷衍地回答後，將頭靠在椅子上。習慣了車子疾馳的震動，身體也跟著放鬆下來，睡意開始湧上。因此，我沒能察覺他逐漸犀利的聲音。

「真厲害，居然那麼喜歡你，還想讓你參與他的個人工作計畫？如果拍得好，對你的履歷也會有幫助。」

我正心想「是這樣嗎，他居然會給我建議」時，就聽他隨口一問。

「所以他個人計畫的主題是什麼？」

「裸照。」

嘰咿咿——！

嚇！

車子突然急煞停下。幸好此時已是深夜，後面沒有來車，並沒有釀成車禍。不過我整個人被往前一彈，幸虧繫了安全帶，才沒有一頭栽進擋風玻璃。突如其來的意外讓我睡意全消，整個人瞬間清醒過來。

「到底發生什麼……」

我話說到一半就不得不停了下來。凝視著前方的他，表情冷漠得嚇人。不過，那似乎只是短暫的一瞬，讓人不禁懷疑是不是眼睛的錯覺。他轉頭看向我，若無其事地開口。

「剛才前面有東西經過。」

前面？我伸長脖子，試圖看清前方的黑暗，然而眼前只有空蕩蕩的道路。我猜可能是貓咪經過，於是再次靠回椅背。

「可能是貓咪吧。」

他將車子繼續往前開，默默露出笑容，過了一會兒，才喃喃自語般回答。

「對，一群流浪貓聞到味道，就被吸引過來了。」

我悄悄環顧車內，忍不住心想——難道他的後車廂裡有魚嗎？

在我試鏡的前兩天，率先到來的是漢洙的試鏡。漢洙要飾演的角色是女主角的高中生弟弟，戲份比我的角色少。不過他會在主角身陷危機時身負重任，即便戲份不多，也必須經過試鏡。這天，我跟著一早就緊張兮兮的漢洙和經紀人一同前往了試鏡地點。一方面是為了看看現場氣氛，另一方面則是漢洙需要我。

「收、收……手。」

試鏡都還沒開始，就已經第十七次來找我的漢洙，顫顫巍巍地將手伸了過來。儘管肩負著讓他放鬆下來的任務，但我感覺好像只要一有人進去，他就會顫抖著把手伸過來，於是我改成狠狠敲他的頭。

啪！

「振作點。」

刻意控制的力道在他頭上敲出響亮聲響，就連待在一旁準備的其他人都忍不住把頭轉了過來。當然，伸出手卻被敲了頭的漢洙也凝望著我——用尊敬的眼神開口說道。

「嚇！被揍了一下，立刻就恢復鎮定了！」

……這小子真的是笨蛋嗎？我認真盯著他看的時候，經紀人輕拍了我的肩膀。

「做得好，泰民，多虧有你，漢洙恢復鎮定了！」

兩個笨蛋。認為自己白跑一趟的想法在腦海中盤旋，我有些煩悶地四處張望，才發現這天不只漢洙的角色有試鏡，好像也會一同甄選其他女配角，寬敞的等候室裡鬧哄哄的。女演員的試鏡一小時後才會進行，但有些人已經選好位子就坐了。

不過，漢洙那個角色的試鏡到了原定時間還沒開始，讓她們的試鏡也跟著延遲。工作人員前來告知時並沒有任何解釋，只說發生了一些問題導致試鏡延後。儘管如此，也沒有任何人離場或抱怨，應該是這些人全都非常渴望拿到角色吧？

其中有幾個人和漢洙一樣瑟瑟發抖，身旁像是經紀人的人也一直陪他們說話。

即使已經超出原定時間二、三十分鐘，大家依舊沒有鬆懈下來，讓原本只是隨興坐在那裡的我都開始有些不好意思了。而不緊張的我，也是唯一一個好奇試鏡為什麼延遲的人。

喀啦。

門應聲而開，剛才那名工作人員從試鏡場地走了出來，眾人的目光一致地望向他。不過，他只是接起電話，快步往走廊走去。我默默起身跟在他身後，我並不是故意偷聽，只是想等他講完電話，問他試鏡為什麼延遲。但還沒靠近樓梯間，我就不自覺停下腳步。

「什麼？還要三十分鐘？唉，評審都已經在等了⋯⋯我也知道。除了製作人之外的評審全都挺他，我沒有擔心，可是如果之後要拍攝，也要和製作人好好相處啊。鄭製作人是出了名地在意人品。」

後來他又說了一長串，但我並未繼續探聽，而是轉身返回了等候室。所以試鏡延後的原因，是其中一個報名者？而且除了製作人以外，所有評審都支持他？我想起賢俊說過的計分制度。當時在我的計算下，即使只有鄭製作人給出最高分，只要其他評審都給予第二高分，就有機會被選中。漢洙的演技很好，自然不會有問題。可即便如此，我還是感覺自己遺漏了什麼重要的東西⋯⋯究竟是什麼呢？

又過了三十分鐘，門「喀啦」一聲打開，某人走進了等候室。等了一個多小時，大家可能都累了，沒人特別留意走進來的人。就算看到他，也都直接轉頭掠過，唯有一個人除外。一走進來就別上號碼牌的少年隨便找了張椅子坐下，不耐煩地拿出手機開始玩遊戲。

不只大遲到，還滿不在乎地開始玩遊戲？要不是他胸前別了號碼牌，根本看不出他是來參加試鏡的。我一眼就看出那小子是工作人員在電話中提到的傢伙。接著，身旁一直特別關注他的經紀人突然悄聲說道。

「糟糕，他居然也來了。」

「他是誰？」

「喔，他是我們公司的藝人……」他含糊其辭，繼續說道：「是個演技相當不錯的新人，五官帥氣，家裡也有錢。他才十九歲，因為長相稚嫩，戲路有點受限，等他年紀再大一點，一定馬上就會紅了。」

他語氣中莫名帶著一股隱隱的抗拒。

「但他應該有什麼問題吧？」

經紀人瞄了我一眼，搔了搔頭，似乎有些難以啟齒。

「沒有啦，也不能說是問題……」

儘管嘴上那麼說，他還是回答了我的疑問。

「他就是不認真。」

與此同時，他轉頭看向坐在一旁的漢洙。漢洙正目不轉睛地盯著劇本，口中念念有詞，沒聽見我和經紀人的對話。

「應該說即使他不認真，也能憑借天賦輕鬆得到一切吧。但該怎麼說……還是要努力啊，努力才會持續進步，才能一直保有天分。可是他說自己想要開心演戲，如果刻苦努力就會讓演戲這件事變得不快樂……」經紀人停頓片刻，轉過頭直視著我，「我覺得要是做著自己喜歡的工作，卻不願付出任何努力，不就表示其實沒有那麼渴望？想獲得快樂的話，把演戲當成興趣就足夠了。」

我似對經紀人說的話有所共鳴，忍不住開口詢問。

「那小子只把這份工作當成興趣，卻還是可以輕鬆輾壓拚命努力的那些人？」

可能是被我說中了，經紀人沒有回答，只是保持沉默。片刻過後，才緩緩說出他的擔憂。

「我真的不知道他會來，但我還是不想輸。」

「誰的演技比較好？」

經紀人看著我「嗯？」了一聲，我用眼神示意漢洙。

「漢洙跟那小子。」

「那當然是……漢洙。」

「那就行了，那小子來不來都沒差。」

經紀人淺笑著說了句「對吧」，朝著默念臺詞的漢洙腦袋上揍了一下。

「啊！」

被嚇到的漢洙抬起頭來，經紀人捏住漢洙的雙頰，為他打氣。

「你會表現得很好，你會表現得很棒！不要擔心！」

「啊啊！好痛！」

經紀人的加油打氣，讓漢洙發出了痛苦的呻吟。兩人引起的騷動，讓周遭的目光都聚集了過來，玩遊戲的那小子也瞄了漢洙一眼。不過，他看向漢洙的瞬間，嘴角幾不可查地撇了一下。儘管他馬上看回手機，但他一定是在嘲笑漢洙，不把他當一回事。這是為什麼？

坦白說，雖然我對經紀人說不管那傢伙來不來都不影響，但我內心其實沒這麼樂觀。那小子居然同時兼備天賦、金錢和長相？既然知道他已經收買了三名評審，漢洙就必須展現非常精湛的演技，才有機會被選中。幸好漢洙確實擁有那種天分。

而遊戲小子已經因為遲到一小時，得罪了鄭製作人，應該只會拿到低分……想到這裡，我忽然明白自己漏掉什麼了。等等，萬一漢洙演得非常差呢？再加上那小子的笑容，讓我內心的不安更加蠢蠢欲動。

「經紀人。」

我悄聲呼喚終於放過漢洙的經紀人，他露出笑眼回頭看我。

「怎麼了？泰民。」

「那小子。」我指著沉迷於手機的那傢伙，問道：「那小子也認識漢洙嗎？」

我有些忐忑地詢問，令人不安的是，經紀人點了點頭。

「嗯，應該認識吧。那小子是我帶漢洙加入夢想時簽約的，因為剛加入的新人都必須去上幾星期的演技課，他應該跟漢洙當過同學。怎麼了嗎？」

經紀人好奇地詢問，我卻顧著思考另一件事，沒有回答他。可惡，所以他才會那麼泰然自若啊。即使不拉攏鄭製作人，他也知道可以用什麼方法讓演技好的漢洙拿到低分。我瞪著通往試鏡會場的門。該死，裡面有攝影機。此時，門喀啦一聲打開，工作人員走了出來，開始叫號。

「請一號、二號入場。」

如果試鏡需要架設攝影機，鄭製作人一定會事先知會我們，可我們沒有收到任何消息，這就表示一定是那個遊戲小子動用關係，在試鏡開始前臨時加上的……

我看著因緊張而有些僵硬的十七號。儘管在一定程度上，漢洙已經適應了攝影機，但還是不夠自然。不過他演技很好，即使不如平時自然流暢，他的表演依舊勝過其他人。

但只是普通的好，是贏不過遊戲小子的。結束試鏡的人會從房間裡另一扇門離開，在等候室的眾人無從得知試鏡內容或現場氣氛，漢洙和經紀人大概作夢也想不到，裡面居然有攝影機吧。

即使緊張萬分，漢洙始終沒有放下劇本，一直反覆默念著臺詞。大概是他覺得那些已經背得滾瓜爛熟的臺詞還是不夠好吧。現在的我，好像終於能體會那種感覺了。

所以我才不喜歡那個不願付出任何努力的遊戲小子。如同經紀人所說，他倚仗著與生俱來的天賦，卻不為此投注任何心力，難道不該被譴責嗎？我認為他沒資格和其他努力的人競爭。至少在他們當成自己的職業、為之傾注一切的事情上，他就只是個卑劣的投機者。

「請第十一號、第十二號入場。」

一聽到工作人員叫號，兩人便站起身跟著工作人員走了進去。我注意到遊戲小子的號碼是二十號。拿到最後一號，就以為自己是主角了嗎？那個小屁孩大概沒嘗過失敗的滋味吧。打從出生就憑藉著天賦和家庭的支持，自然而然獲得了想要的一切，這說不定會讓他有些大意。

他大概不知道，失敗向來是通往成功的基石。很神奇吧，人從不會因為不斷勝利而變強。根據我的經驗，只有品嘗過落敗滋味的人才會變得更加強大。畢竟，唯有失敗才能讓人認清自己的不足，然後咬牙爬起來，繼續發起挑戰。就像拍電影時不敢站在攝影機前，卻將劇本全部背起來的漢洙一樣。這樣的他如果要站到鏡頭前，就只能比其他人付出更多、更艱辛的努力吧？

啪。

我趁經紀人去廁所時，頂了漢洙的手臂一下。握劇本握到指節發白的漢洙忍不住嚇了一跳，慌張地轉頭看我。

「怎麼了？」

「你最近還會常常站在鏡頭前練習嗎？」

漢洙好像真的一直在拚命練習，尷尬地笑著回答。

「喔，對，有練一些。」

而我更具體地問道。

「現在練到什麼程度了？自然嗎？」

漢洙搖搖頭，一臉鬱悶地咕噥。

「不太自然，還是很尷尬……只能模仿別人的演技，如果想用自己的方式詮釋……嗯？你怎麼笑了？」

那當然是因為，我聽見了勝利的號角響起的聲音啊。不過，我沒有回答他的疑惑，而是叫漢洙把號碼牌拿給我，然後從座位上站起身。接著，我走到從剛才就和漢洙一樣緊張的十九號旁邊坐下。我剛坐定，十九號和他的經紀人便轉頭看向我。我從容不迫地看著他們，輕聲開口。

「你們知道試鏡為什麼會延後一個小時嗎？」

問完後，我稍稍轉頭，而兩人眨著眼睛，彷彿在詢問我是不是在對他們說話。

我用下巴輕輕指向遊戲小子，此時的他不知道在開心什麼，正咧嘴看著手機。

「因為他遲到了。」

他們接連問了「什麼」和「真的嗎」，而我壓低音量，傾訴祕密般耳語。

「你們沒發現嗎？他一出現，試鏡就馬上開始了。」

爾後，兩人贊同般點了點頭，我將聲音壓得更低，兩人的頭也向我靠得更近。

「而且我聽說身為夢想旗下演員，他已經被內定為飾演這個角色的人選了。」

這次兩人什麼話都沒說，只是同樣訝異地瞪大雙眼。接著，他們盯著遊戲小子看了一會兒，才小聲感嘆。

「呃啊，就知道是這樣。」

「居然是夢想的，唉。」

兩人緊繃的肩膀立刻垂了下來。儘管對於破壞他們的鬥志感到過意不去，但我還是要以自家團隊為優先。見此，我向他們兩個提出建議。

「我看了一下，發現你們應該會和他一起試鏡。如果不介意的話，願意跟這個號碼對調嗎？」

看我拿著十九號的號碼牌出現，漢洙和上完廁所回來的經紀人驚訝地望著我。

「嗯？號碼怎麼……」

我將手指豎在嘴巴前面，示意他們放低音量，然後安靜地將號碼牌交給漢洙。漢洙困惑地眨了眨眼睛，卻還是聽話地將號碼牌別在胸前。見他別好號碼牌，我才默默開口。

「我接下來說的話，你要仔細聽好。」

我對漢洙說著，而他緊張地點了點頭。

「好，我會仔細聽。」

「你知道要跟你一起進去的二十號是誰吧？」

應該是剛才有看到對方走進來，漢洙回答了句「知道」。

「我們之前一起上過演技課，他的演技……滿好的。」

「對，聽說他演技很好。而且我也聽說，那小子已經收買了鄭製作人以外的所有評審。」

「蛤！」

「什麼！」

同時大叫的漢洙和經紀人，看見我的眼神便立刻捂住嘴巴。接著，漢洙手捂著嘴巴問我。

「以嗯喔嗯凹嗯？」

「……」

「以嗯喔嗯凹嗯？」

「手拿開。」

聽見我的命令，漢洙露出恍然大悟的表情，趕緊把手拿開。我突然有點懷疑自己了，我到底為什麼要給這個笨蛋建議？

「你怎麼知道的？」

儘管他口齒清晰地又問了一遍，我卻直接忽略了這個不重要的問題，繼續自顧自說道。

「那小子雖然拉攏了三名評審，卻沒辦法收買鄭製作人，所以他一定會搞小動作，幹掉你這個最有力的競爭人選。」

漢洙的表情瞬間僵硬。「幹掉」兩個字，似乎立刻讓他聯想到自己的弱點。

而我刻意向他證實。

「對，應該還故意架設了攝影機，當成試鏡的一個環節。」

聽聞此言，經紀人立刻慌張地插話。

「泰民，不會的，我沒聽說那種事，鄭製作人說為了讓漢洙能更自然地表現，不會錄影……」

「鄭製作人應該也不知情。」我看著不再出聲的兩人，一派輕鬆地繼續說道：「最糟的情況是從頭錄到尾，但如果是先進行一般試鏡，再試錄一次，那漢洙就能贏了。」

漢洙一臉不敢置信地瞪大眼睛，似乎搞不懂自己要怎麼贏。於是我看著他，莞爾一笑。

「你會贏的。聽好了，只要現場沒有攝影機，沒有人的演技可以比你更好。萬一攝影機開始拍攝——」我移動目光，看向手指動個不停的遊戲小子，「你要用盡一切辦法讓對方先演，然後認真看清楚他的表演——」

我再次看向漢洙，壓低聲音告訴他獲勝的方法。

「再演得跟他一模一樣。你不是說，可以模仿嗎？」

當一個個參與試鏡的人漸次離去，只差工作人員最後一次叫號時，我向漢洙伸出手。

「伸出來。」

說完，自從我說出攝影機的事情後，就一直失魂落魄的小子抬頭看我，問了句「什麼東西」。我默默握住他的手，用力一掐。

「呃啊啊！」

漢洙扭動上半身發出慘叫，遊戲小子和他的經紀人立刻皺眉看向這裡，接著，兩人便交頭接耳、竊竊私語了一番。

「呃啊！真的很痛耶！」

漢洙擦去奪眶而出的淚水，生氣地說道。不過，他另一隻手搓揉著泛紅的痛處，小聲向我道謝。

「謝謝你，感覺沒那麼緊張了，嘻嘻。」

他像笨蛋一樣笑完，就聽工作人員說「請最後兩位入場」而站了起來。我看著比想像中淡定、率先走進去的漢洙，再看向遊戲小子。也不知道是不是察覺了我的目光，他轉過頭來瞥了我一眼。我嘴角勾起嘲諷的笑容，用他方才看向漢洙的不屑表情回敬他。噗嗤。年輕氣盛的他立刻皺起眉頭。對，你要好好記住，因為那就是你試鏡結束後會露出的表情。

漢洙最後成功拿到了角色——僅以一分之差。

我在漢洙開始試鏡後就直接離開前往劇團練習，並沒有待在現場。但據說遊戲小子得知自己落選的消息，便無理取鬧地飆罵評審。而那些行徑，都被還沒關機的攝影機完整記錄了下來。

他也因此受到公司懲處，暫時無法脫離練習生身分。如果要毀約跳槽，就必須向公司支付高額違約金，但顯然沒有一間公司願意支付如此龐大的數額挖角仍是新人的他。那小子因為一次落敗，獲得了極為慘痛的教訓。

然而，要是他能記取教訓，咬牙撐過練習生生活就好了。不習慣忍耐的他，最後直接放棄了演戲。這就是不為喜歡的事情付出努力的代價——在艱難的時刻沒有能堅持下去的決心。能夠發光發熱的未來，就這麼從他手中徹底溜走。

儘管我忍住羞恥喊了神經病「哥」，在試鏡前獲得了自由，但每次看到他因酒局而晚歸，我就忍不住懷疑自己是不是上當了。我拿著劇本練習到將近兩點才睡，而他直到那時都還沒回來。通常都是我清晨醒來時，才會看見他靠在我身邊熟睡。

獲得自由的第一天，我沒有睡在他房間，而是跑去了客房。但早上睜開眼睛，我居然莫名其妙睡在他床上。此後，我便會直接在他床上入睡，卻還是一直無法適應他把我當成抱枕、抱著我睡覺的習慣。他不碰我是很好，但手臂究竟為何非要勾住我受傷的腹部？

傷口已經大致癒合，但如果劇烈活動仍會隱隱作痛，每當清晨醒來，這股痛楚總是格外明顯。

試鏡前一天的凌晨，我也因為同樣的原因睜開眼睛。才不過幾天時間，卻彷彿形成了某種習慣，讓我在比過去五年還要更早的時間自然清醒。

寧靜的房間內沒有消毒水的味道，床鋪十分寬敞，微弱的光線自凌晨的窗戶透入室內。明明住進來的時間不長，我卻輕易地適應了這些，也習慣了自己不再是一個人。

直到不久前，每次在沒有窗戶的考試院醒來，我總感覺自己躺在狹窄的棺材中。睜開眼睛，確認自己依然在呼吸，而後開始新的一天。

對那時的我而言，活著本身就是一種罪孽，但我又必須為了償還現實債務而活著進行贖罪。睜開眼睛的每一天，對我來說都毫無意義，我對嶄新的開始並沒有絲毫興趣。可是現在，醒來時我竟會有所期待，期待聽見耳邊傳來的溫暖聲音，期待被一股自己不是一個人的微妙安心包裹。

「應該沒辦法回來。」

剛睡醒的低啞聲音，從貼在我脖頸上的嘴唇傳了過來。我本想轉頭看他，卻倏然意識到一件事——是不是因為這是我唯一能和他對話的時間，所以就算再怎麼睏，到了這個時間便會自然醒來？

「沒辦法回來？」

摟在腰上的手慢慢鬆開，身體終於能夠自由活動。不過，當我轉過原本側躺的身體，他的手臂又再次摟住我的腰。我習慣穿著T恤睡覺，而他總是裸睡。我可以清楚看見他的每個動作，結實的身體線條蜿蜒起伏，精壯的肌肉隨著呼吸繃緊或舒展，而這一切，總是讓我無法移開目光。

「我要去外地一趟。」

儘管只是簡短解釋，但我好像聽懂了他的意思，大概是他今晚沒辦法回來吧。也不知道我應該為明天早上不會被壓到傷口而安心，還是為清醒時無人陪伴感到失落。這莫名的情緒起伏連我自己都嚇到了，為了掩飾慌張，我下意識開口說道。

「買禮物回來給我。」

他好像笑了。壓在頸側的嘴唇發出輕笑，在肌膚上帶起一股癢意。

「你想要什麼？」

他的聲音聽起來很高興，讓我下意識地繼續陪他閒聊。我其實沒有特別想要的東西，便隨口說了一樣。

「核桃餅[1]。」

他半掛在平躺的我身上，抬起頭來。清晨的光線不太明亮，可我依舊看見了他含笑的眼睛。即使對話稀鬆平常，這個早晨也並無特別之處，那雙眼睛裡卻蘊含著連我也說不清的深邃感情。這和每天醒來意識到自己不是一個人時一樣令我感到彆扭，卻也總是讓心臟為之顫動。

或許是看過他平時止乎於禮的冷淡神色，此刻他盛著笑意的眼睛才更為特別。這樣的笑容不該在聽見「核桃餅」這種回答時出現，應該為了更有價值、更了不起的事情展露。但此時此刻，還有最近這段時日，我總是反覆看見他那種神情。過於頻繁出現的溫柔笑容，讓我都快要習以為常了。儘管知道那雙眼睛隨時可能被令人毛骨悚然的冷漠和殘忍覆蓋，可每每看見，一股難以名狀的微熱便會占據胸口，心跳也會不由自主地怦然加速。

「啊，你喜歡吃甜食對不對？」

被這句話喚回現實後，我想起了自己隨口給出的答案。我只是想到了高速公路的休息站，才會說出核桃餅，因為容易買到又不算太貴。但他居然說我喜歡吃甜食？什麼意思？我納悶地挑起眉毛，見狀，他輕撫著我皺起的眉間。

「你在XXX市的飯店，不是外帶了很多蛋糕嗎？」

——那是為了坑你一頓。

「我也會買那麼多核桃餅回來的。」

你這小子是存心要整我嗎？即使他語氣溫柔，我還是很想出言反駁。但我知

1 호두과자，韓國傳統的小吃，外層像雞蛋糕，裡面包裹紅豆或奶油餡，因呈現核桃形狀而被稱為「核桃餅」。

道他不是在開玩笑，勉強把堪堪來到嘴邊的話又吞了回去。他認真的回應令我有些不安，我擔心他真的會買一整車核桃餅回來，於是再次強調。

「買一包就好，小份的。」

連份量都規定好之後，他卻不太滿意地皺起眉頭。見此，我大發慈悲似的補充。

「你可以吃幾塊。」

「你該不會只要這樣吧？」

他的聲音變得有些冷漠，我一邊思索著他莫名的情緒變化，一邊開口。

「那不然你買兩包。」

「……」

「可惡，那個太甜了，我沒辦法吃三包。」

我凶巴巴地說完，他先是沉默片刻，隨後才再次開口。

「核桃餅以外，其他的呢？」

原來他說的「只要這樣」指的不是「只要一包」啊。終於搞清楚狀況，我本打算回答「不需要」，但看著他逐漸瞇起的眼睛，我的嘴又卡住了。可惡，好吧，就算這傢伙動不動就對我笑，那殘忍的本性依舊沒有消失。我還來不及回答，他就撐起上半身，由上而下俯視著我，將頭側向一旁。

「第一次聽到你開口要我買東西給你，我實在太開心了。所以——」他彎起嘴角，眼神流露出一絲冷漠，「說一個我會滿意的禮物吧。」

「你對核桃餅哪裡不滿意了？」

我不甘示弱地反駁。將為了核桃餅鬥嘴很可笑的想法從腦中抹除後，我粗魯地繼續說道。

「你為什麼瞧不起核桃餅？」

我像個奉獻一生時光製作核桃餅的匠人，宣洩著自己的鬱悶和憤怒。多虧如此，他眼中令人膽戰心驚的怒意消失了。變得面無表情的他，語氣生硬地開口問道。

「你比較喜歡我，還是核桃餅？」

「……」

我簡直啞口無言，傻眼地抬頭看著他。這個神經病。這是需要在這種時候認真問出的問題嗎？我甚至忘了自己才剛認真宣洩完關於核桃餅的不滿，皺起眉頭不自覺地咕噥。

「核桃餅至少很好吃啊。」

唰啦——棉被被徹底掀開，他忽然爬到我身上。因為說好在試鏡前都不做，他這整週都沒有碰我，只是靜靜抱著我入睡。他俯身下壓的身體帶著強烈的壓迫感，硬邦邦的性器像凶器一樣抵住了我的下腹。他的手用力按住我的肩膀，那彷彿要折斷骨頭的強勁力道讓我不自覺發出哀號。

「呃。」

在我皺眉強忍著即將脫口而出的呻吟時，聽見了他甜美的聲音。

「你好像忘了，你不是津津有味地吞下了我的東西好幾次嗎？」

他在不知不覺間擠開我的大腿，將手伸到胯下，隔著布料開始撫弄我的後穴。可惡，想幹嘛……我試圖扭過身子躲開他，被禁錮的身體卻無法自由移動。感受到我的掙扎，他更用力地抓住我的肩膀。

呃！

我在內心一陣哀號，狠狠瞪了他一眼。他撇了撇嘴，硬是隔著內褲把手指塞進我的後穴。

「……不要弄。」

我好不容易擠出一句話，他才溫柔地解釋。

「我是要幫你想起來。你不是曾經用這裡夾著我的屌，舒服地扭著屁股嗎？難道不記得了？如果不記得，我可以馬上讓你想起來。」

他笑著說完，另一隻手同時伸進我的褲子。他握住早晨半勃的性器，伸出舌頭舔了舔嘴唇。

「你馬上就會想起來了，你的身體是如何津津有味地品嘗我的肉棒。」

他嘴角泛著令人毛骨悚然的可怕笑容。圈住性器的手殘忍地收緊，突如其來的痛楚讓我的身體倏然繃緊，我咬緊牙關，努力忍住不發出呻吟。可惡。那小子已經徹底瘋了。大腦發出警告的同時，被不管不顧的他侵犯的恐怖未來也一併浮現。我抓住他搓揉著性器的手腕，強撐著開口。

「呃……我覺得好不好吃，關你屁事。」

他圈住我性器的手再次用力，窒息與疼痛瞬間湧上，我雙眼緊閉，身體顫顫巍巍地蜷縮，忍不住對他怒吼。

「媽的，我最喜歡的是你，禮物隨便挑一個是會怎樣！」

剎那間，性器被掐住的痛楚不可思議地消失了。好不容易終於能夠喘口氣的我，尚未意識到自己究竟鬼扯了些什麼。此時此刻，我內心只有一個念頭——你這個神經病，我一定會原封不動奉還回去。我在心中忿忿默念幾次，一邊努力平復呼吸，才發現一旁忽然安靜了下來。

他仍壓在我身上，伸進褲檔的手也依舊握著我的性器，可除此之外再沒有其他動作。呼吸稍微平緩，我終於睜開眼睛，看見默默凝視著我的他。他的眼神有些微妙，不過當下我只有一句話想說。

「幹，我要宰了你，要是你……」

然而，我憤怒的警告最後只能無力收尾。他看著我的眼睛慢慢彎起，嘴角溫柔地勾起好看的弧度，那無聲的開心笑容，將他整張臉襯得越發生動。我像著了魔似的盯著他，一邊低聲說出方才未竟的警告。

「……手再不安分……我真的會……宰了你。」

愣愣說出的威脅早已失去效力，他卻點點頭，露出更燦爛、帶著酒窩的笑容。

「好。」

「……」

「知道了。」

再次回答的他，伸手撥弄著我的瀏海，用他不懂得閉上的嘴繼續說道。

「我也會買核桃餅給你的。」

照理來說，試鏡前一天應該繃緊神經等待隔天到來。意外接到鄭製作人的電話後，更該如此。

『泰民先生，不好意思，我可能沒辦法向你保證，一定能讓你拿到那個角色。因為電影節的關係，我前天才回到韓國……我聽說有個意想不到的人可能會參與你那個角色的試鏡。雖然不太確定，但要是他真的參加了……嗯，你懂我的意思吧？』

他欲言又止說著抱歉，而我回答他沒關係。反正我早就下定決心要憑自己的實力通過試鏡了，即使沒有他的保證也無所謂，我也並未追問那個意想不到的人究竟是誰。

有鏡頭恐懼症的漢洙，不也是成功擊敗了動用關係、演技還很好的那小子嗎？一想到那個膽小的漢洙即使緊張顫抖，還是咬緊牙關完成試鏡，如果我還執著於擔心對手是誰，那就太丟臉了。畢竟若論實力，我完全不如漢洙。

不過，並非是這個緣由，我才沒有為明天的試鏡感到緊張。真正讓我無法緊張起來的，是早上發生的事。可惡。一想到當時的情景，我就忍不住咒罵出聲。在那之後，他的動作突然紳士起來，而我則保持警戒，整個人迷迷茫茫，直到後來才想起自己究竟說了什麼鬼話。

那就是社長一直殷殷期盼的告白。渾然不覺地度過讓我想朝自己肚子再捅一刀的羞恥時刻，我理應感到開心才對，可後知後覺湧上的難為情卻不允許我那麼做。幹，我居然對神經病說了那種話？

而且他毫無負擔地享受、明目張膽露出開心笑容的模樣，搞得我更煩了。隨後他突然變得十分慷慨，還承諾了好幾次會照我說的買一包他吃過一兩塊的核桃餅回來。要是被別人看到，還以為我是想吃核桃餅想瘋了呢。

後來，他不顧我僵硬的表情，抱著我在床上打滾，直到朴室長打了幾十通電話才終於起床上班。拜他所賜，我出門的時間也晚了一些，且因突然接獲一個意外邀約，讓我去劇團的時間更晚了。

我坐在上午時段生意冷清的咖啡廳，望著窗外。硬要約我立刻見面的愛麗絲社長像事先決定好似的，將見面地點安排在尹傑伊家正前方那棟大樓的咖啡廳。我本來還很慶幸他沒來公司，可內心深處卻莫名浮現一股不祥的預感。

還沒弄清楚不安的原因，「噹啷」一聲，咖啡廳的門被推開了。走進來的人個子不算高，但上半身肌肉厚實，走起路來搖搖晃晃的，看起來應該是愛麗絲的社長。當我準備起身迎接手上拿著某樣東西的他時，咖啡廳的老闆卻搶先歡迎了他。

「哎呀，您好久沒來了。」

社長也熟稔地揮手打招呼，並來到我坐的桌子旁邊。我向他點點頭，那股不祥預感的輪廓逐漸清晰了起來。愛麗絲的社長常來神經病家對面的咖啡廳，想必只有一個目的。我懷疑地盯著開口點餐的他。到底是多常來光顧，居然連工讀生都跟他很熟？而他點餐的方式也十分簡單。

「老樣子就好。」

「好的，焦糖瑪奇朵嗎？」

「嗯，不要太燙。」

就這樣，在工讀生去製作什麼不要太燙的焦糖什麼鬼時，社長開門見山地問我。

「傑伊去出差了對不對？」

啊，所以他今天才沒來公司堵人啊。我馬上看穿了他的別有居心。自從他知道我和認識的哥哥——也就是尹傑伊同居後，一定一直想進去他家看看。因為神經病死也不可能放他進門，他就想透過我進去參觀。

「為什麼不回答？」

因為不想回答。我勉為其難點點頭，就見他的臉一陣莫名扭曲。他一定是覺得機會來了，正強忍著不要笑出聲吧。

「咳咳，這樣啊。對了，百元，你住在傑伊家，有沒有哪裡住得不舒服？如果有的話，我可以幫忙看看，找出問……」

「沒有。」

「……這樣啊？但總會有你沒發現的問題吧？」

「沒有。」

「……你仔細想想，一定有什麼小缺點。」

「一切完美無瑕。」

他臉上激動的神情消失了。對於破壞他的興致感到十分抱歉，可我萬分不願向他展示現在也是我住處的、尹傑伊的家。社長那令人備感壓力的目光，好似在鬼扯著「是在這裡變成三百元的嗎」。我敢用一百元打賭，這絕對不是我的錯覺。社長想參觀的藉口遭到回絕，可能是內心有些難過，只見他看向其他地方，小聲咕噥。

「沒有住得不舒服就好。」

儘管他的表情看起來一點都不好，我還是回答了句「謝謝」。接著，我趁機指著他帶來的補藥，順勢轉移話題。

「那是要給傑伊的嗎？」

「這個嗎？嗯。」他用有氣無力的鬱悶語氣回答後，將補藥推給我，「你幫我拿給傑伊吧。」

他縮起的肩膀看起來特別沮喪。

「叫他早晚各吃兩包。」

「好的。」

「……」

「……」

「……那我先走了。」

「社長。」

正準備站起身的他，眼睛無神地看向我。而我不由自主說出了之後會讓我恨不得痛罵自己的一句話。

「你要不要直接拿上去放？」

那瞬間，社長的表情宛如花朵般燦爛盛放。

「喔！好啊！啊哈哈哈——雖然麻煩，但我還是親自拿上去吧。呵哈哈哈——我絕對不是想看看傑伊生活的地方，或是檢查百元變成三百元的地方有沒有哪裡不舒服喔。啊哈哈哈——」

該死，李宥翰。我忍不住狠狠罵了自己。

經歷一個多小時的住宅探訪，社長的心情好極了。當然，我的心情則是爛透了。尤其是看到他帶著陰險笑容審視客廳沙發與各個房間的床鋪時，我都想立刻剪斷自己邀他上來作客的舌頭。只見他望著房間的床鋪，小聲咕噥。

「呵呵，已經變成三萬元了嗎？」

接著，他一臉陰險地嚷嚷著床墊塌陷了，要幫我們換新的。我費盡千辛萬苦，好不容易才成功制止他。後來，即使我下了逐客令，說我必須去劇場練習，他的心情依舊很好，硬是將我載上車。

「吼！就說我要跟你一起去了！」

我連自己要去哪裡都沒說，他卻大聲對我發脾氣。在我被迫坐上車、參與這令人不悅的行程時，車上有個東西吸引了我的目光。那是一張照片。照片裡不知道是不是社長的家人，有個年輕時肯定十分明媚動人的中年女子，以及和社長一個模子刻出來的、年約十一、二歲的男孩。而此時的社長，正在激情講述著關於告白害羞的課程。

「你說害羞不敢告白，我完全可以理解。就算是我這種開朗陽剛的人，也完全可以理解！嗯？你剛才那個表情是不是不相信我？哈哈——對，你一定不相信吧。不過呢，就算是我，有時候也會害羞啊。雖然我沒有表現出來，幾乎沒什麼人知道。」

他的謊言連我聽了都覺得尷尬。要是像你一樣藏不住心思的人越來越多，這世界就不會發生戰爭了吧。不過，堅信自己沒有露餡的他，繼續不管不顧地給予建議。

「但你畢竟是男人，要試著鼓起勇氣，好不好？如果你告白了，傑伊也會露出燦爛的笑容，跟你一起害羞啊，這哪有什麼？」

他的確笑得很燦爛，燦爛到令人不知所措。

「只要一口氣說完就好了。需要的話，我可以在旁邊幫你⋯⋯」

「已經說了。」

「什麼？」

哪怕丟臉，我也不想被他繼續追問告白的事情，索性直接坦白。

「告白，我已經告白了。」

嘰——！

車子突然大轉彎又急煞。幸好我繫著安全帶，沒有被彈出去，但腦袋還是免不了撞上側邊的車窗。幹。砰的一聲，我伸手揉著被撞到的地方，瞪向一旁。該死，難道這種爛車技也會遺傳嗎？只見造成事故的人，正露出大吃一驚的表情轉頭看我。

「什麼！你告白了！」

「社長。」

我揉著疼痛的額頭，低聲呼喚他，但喜上眉梢的他顯然沒聽見我的呼喚。

「啊哈哈哈哈！你告白啦，你告白啦！啊哈哈哈，百元，你比我想像中有男子氣概，沒想到你真的做到那件害羞的事了，呵哈哈！」

我本來想怪罪他害我差點撞破腦袋的駕駛技術，又忍不住頓了一下。雖然的確很害羞，可聽見別人強調「害羞」兩個字，我內心就莫名湧起一股怒火。

「其實也沒什麼。」

我冷冷說完，社長便「喔——」了一聲，豎起大拇指。

「對嘛，那樣才是真男人！你說了什麼？」

還能是什麼？既然是告白，不就是那些老生常談的詞彙嘛，真搞不懂這些話為何這麼難以啟齒。我轉移目光，努力裝沒事地開口。

「就說我喜歡他。」

聞言，社長馬上皺起眉頭，失望的情緒溢於言表。

「就這樣？」

什麼叫「就這樣」？我委屈地望著他，社長卻用一雙炯炯有神的眼睛與我對視。

「這算哪門子告白啊？而且你居然不是說愛他，只說了一句喜歡？」

「不然還需要說什麼？」

見我一頭霧水，他立刻挑起眉毛。

「既然是告白，至少要單膝下跪、拿出花束，抱住對方的大腿，哭著說『我這輩子不能沒有你』啊。」

是瘋了嗎？我為什麼要做那種事？我毫不掩飾臉上的嫌棄，並出言反駁。

「誰會用那種方式告白啊？你那樣告白過嗎？」

「……」

……啊。

一陣沉默過後，社長繼續把車往前開，過了一段時間，他才小聲開口。

「我沒有哭。」

那就是有抱著對方大腿的意思囉？我決定將這世上最無用的情報從腦中徹底刪除，將話題轉到照片上。

「這是夫人和令郎嗎？」

幸好他立刻被吸引了注意，瞄了照片一眼。

「嗯？喔，這是我老婆跟小孩。」他眼中流露出一絲溫暖，「她嫁給晚上工作的我，真的很辛苦，但她從來沒有埋怨過，是個很棒的人。至於我兒子東民，要是成績再好一點就好了，不曉得他是像到誰，每次考試都只拿到一半的分數！居然說他都是憑感覺猜的！到底是像到誰啊？」

——你。

我差點忘了對方的身分，恨不得直接用手指指向他。我瞇起眼睛，仔細端詳不斷碎念的他，想著他是不是在開什麼我沒聽懂的玩笑。不過，他似乎是認真對於兒子靠感覺生活感到不滿。坦白說，能用猜的矇到一半分數，算是很厲害了吧？我就算用猜的，也拿不到三十分……該死，算了。當我苦惱著好不容易才轉移的話題，是不是要再換成另一個時，就聽他喃喃自語道。

「話說回來，還要正式和傑伊見個面。」

他說要見面的人，應該是他的家人吧？儘管很好奇他們為什麼還沒見過面，但我感覺那是個不該問的問題，所以沒有多說什麼。他一邊開車，一邊偷瞄我，順勢清了清喉嚨。

「他跟我老婆五年前見過一面。但在傑伊徹底掌控公司前，都不能曝光真實身分，所以他們才沒辦法見面，你不要覺得奇怪。」

比起這個，我總覺得神經病那傢伙會嫌麻煩拒絕，但我依舊什麼都沒說。這時，他又再次假咳。我納悶著他到底在賣什麼關子，狐疑地瞇起眼睛，沒想到從他口中說出的話簡直再普通不過。

「咳咳，我認識的人在附近開了一間很不錯的餐廳，要不要簡單吃個午餐再離開？」

現在吃午餐還太早了，但看著他不時偷瞄我的奇怪舉動，我便點頭答應。隨後，他更大聲地假咳。

「咳咳！還有啊，百元，因為你現在等同於是我的姪媳婦，我要跟你說——」

聽到「姪媳婦」三個字，我的手直接握住了門把。這個第二次聽到的稱呼還是一樣令人不爽。就在我下定決心，要是他再一直假咳我就要直接跳車時，就聽他繼續開口說道。

「你，咳咳，可以直接叫我叔叔就好。」他又偷瞄了我一眼，「我呢，咳咳，也會對其他人說你是我姪子，這樣比較自在。」

他再次偷瞄了我一眼。每講完一句話，他就會朝我這裡一瞥，搞得我都有點擔心會不會出車禍了。他說要去認識的人開的餐廳，就是為了這件事嗎？我沒有回答，只是盯著那張全家福。不知道是不是出去玩的時候拍的，背景是一片可以看到海的山坡。我莫名無法從那張每個家庭都有的平凡照片移開視線。見我遲遲沒有開口，可能內心有些受傷，社長微微皺起了眉頭。

「我也不是叫你一定要那樣稱呼我，你不要誤……」

「好的。」

我看著前方，繼續說道。

「您願意稱我為姪子，是我要感激。」

社長認識的人開的餐廳是一間大型韓式餐館。領著我大搖大擺走進去的他，熟練地推開包廂的門。他似乎真的和這裡的老闆很要好，服務生一看到他，便和他打了聲招呼。一坐下來，他就點了說是簡單午餐的昂貴套餐。我還來不及阻止，他就迅速點餐完畢，而韓式餐館的老闆也馬上走了進來。

「喔——愛麗絲的社長來啦？」

與社長年齡相仿的中年男子高興地前來迎接，一屁股在他身旁坐下。寒暄幾句之後，就見他用略顯驚訝的目光看著我。

「是說，你居然會帶其他人來，真稀奇。這是誰啊？」

社長瞬間挺起胸膛。

「嗯，是我姪子。泰民，來跟人家打聲招呼。」

我點頭說了聲「你好」。也不知道怎麼搞的，韓式餐館的老闆倏地倒抽一口氣，忍不住瞪大眼睛。

「姪子？嚇！難道是那個了不起的姪子！」

「嗯？不是，傑伊現在在工作。我們家傑伊多忙啊！」

說完後，韓式餐館的老闆眨了眨眼睛，輪番掃視我和社長。

「但你不是只有一個了不起的姪子嗎？」

「本來是，這個是新出現的姪子。」

——新出現的姪子？

對方詢問後，我趕緊開口解釋，總覺得一時不察，社長馬上就會說出「姪媳婦」這三個字。

「我們算是遠親，原本幾乎沒有往來，這次是我來拜訪他。」

幸好聽完我的解釋，老闆只是點頭說了句「原來如此」。隨後，他捶了捶社長的手臂。

「什麼嘛，你居然一直藏著這麼帥的姪子？」

「呵呵，哪有帥，這在我們家是基本啦。」

嘴上這麼說，社長卻笑得合不攏嘴，指著我繼續說道。

「帥不帥我不知道，但在別人眼中好像滿亮眼的。他在街上被星探發掘，剛成為夢想旗下的演員。而且演技超級好，才出道沒幾個月就拍了部電影。你知道嗎？就是這次在知名電影節獲獎的、鄭浩永導演的電影。」

「喔，那部啊，我好像在報紙上看過，是攝影師的故事？」

「對，就是那部。鄭製作人本來都在拍商業片，這次改拍了藝術片。他一看到我們泰民就相中了他。泰民在那部電影裡幾乎是主要配角，飾演了呈現主角黑暗面的象徵性角色……」

社長開心地說了一堆連我也不知道的、關於電影的事。他居然這麼了解那部電影？我頓時有些驚訝。這時，突如其來的電話鈴聲打斷了社長喋喋不休的炫耀。他萬般不捨地停了下來，起身說馬上回來便離開了包廂。社長一離開，韓式餐館的老闆就逮到機會般叫住了我。

「嘿，姪子。」

「是。」

他瞄了瞄社長走出去的那扇門，小聲問我。

「所以你也認識名叫『傑伊』的親戚囉？」

我緩緩點了點頭，靜靜地看著他。他的表情與方才不同，帶著一絲懷疑，而原因馬上就被揭曉了。

「他真的有那麼厲害嗎？聽愛麗絲社長形容，感覺他是全世界最聰明、最帥氣、最有錢的人，但我從來沒見過他。你應該也知道，愛麗絲社長現在除了太太和兒子之外，沒有其他家人，他每次聊到關於家人的話題，就會像這樣大肆炫耀自己的姪子。哎呀，我真的聽傑伊這個名字，聽快超過十年了。嗯，可能不只十年喔，超過二十年了吧。他總說什麼傑伊在美國某個考試考了第一名，還拿到獎學金。還有什麼來著？喔對，聽說他成立了一間投資公司。他都不聊自己兒子，一直拚命炫耀姪子耶。」

那是因為他兒子考試總是憑感覺作答，每次都只拿到一半分數。就在我猜測他會不會為此把自己的兒子毒打一頓時，聽見了老闆同情的聲音。

「總之，我就那麼聽他講了二十年。我們都在想，是不是因為他是孤兒，逢年過節沒地方去，內心感到難為情，才為了加入別人的話題，憑空捏造了一個姪子……」

「當然存在。」我打斷他的話，繼續說：「也真的很厲害。」

說完後，就見他微微皺起眉頭。

「但他現在不是待在韓國嗎？姪子回韓國後，他反而對姪子從事的工作避而不談……他有在工作嗎？」

儘管知道在長輩面前冷笑不太禮貌，我還是忍不住撇了撇嘴。天底下有哪個人會比神經病更認真工作啊？就在這時，門被「喀啦」一聲推開，講完電話的社長走了進來。重新坐下的他，似乎想繼續剛才未完的炫耀，趕緊開口說道。

「對了，泰民馬上就要去演M電視臺即將開拍的知名電視劇了，你最好趕快跟他要簽名，呵呵呵。」

「叔叔。」

「嗯，好，你趕快幫人家簽……嗯？嗯？你、你剛才、是、是在叫我嗎？」

是你自己要我叫叔叔的，幹嘛那麼大驚小怪。我沒理會他大吃一驚的反應，語氣生硬地說道。

「叔叔，我還沒告訴你，你和東民可以先準備一套禮服。」

「禮服？」

我對瘋狂眨眼的他輕輕聳肩，表現出一副「你怎麼不知道」的樣子。

「公司創立紀念活動啊。雖然我也不喜歡打扮，但這次因為電視劇的關係，好像許多重要人物都會到場。不僅電視劇廣告贊助商會親自蒞臨，電視臺老闆和知名導演也會出席。我想能不能藉此機會，送叔叔一套禮服？」我笑了一下，刻意說給韓式餐館的老闆聽，「畢竟你好歹是夢想娛樂理事的叔叔。」

話音剛落，只見兩人彷彿結凍般徹底僵住。不過，韓式餐館的老闆很快便恢復過來，連忙開口。

「嚇！你那個厲害的姪子，是夢想娛樂的理事？不是啊，你怎麼沒跟我說？」

「嗯？喔，那、那是因為……」

社長還沒回過神，講話結結巴巴的。這時，我代替他沉穩地回答。

「傑伊回到韓國後，一直在和牽制他的人暗自交鋒。因為對方可能找出家人威脅他，所以在事情底定前，都沒有主動透露相關訊息。」

「這、這樣啊？天啊，好像什麼電影情節。」韓式餐館的老闆驚訝地眨了眨眼睛，「但他居然是夢想娛樂的理事？你姪子真的很了不起。啊，我先前一直懷疑你騙我，搞得我都有點愧疚了。」

社長好像還是說不出話，只是魂不守舍地點了點頭。片刻過後，他不安地看著我，戰戰兢兢地問道。

「是說，傑伊有叫我去……」

我看著他露出「我真的可以去嗎」的眼神，向他點了點頭。

「那當然，叔叔那麼照顧他，要是叔叔不來，他一定會非常失望。當然，嬸嬸和東民也要一起。你們會出席吧？」

社長用力點點頭，其力道之大，彷彿要將腦袋從脖子上搖下來一樣。

「嗯，嗯，我會去，一定去！不管發生什麼事都去，當然要去了！」

因為是試鏡前一天，舞臺劇結束後，我在空蕩蕩的舞臺上多練習了一會兒。令人感激的是，賢俊也留下來指導我的演技。他看著我大致掌握角色的個性、語氣和動作，仔細地逐一給出反饋。他看了眼時間，才發現已是深夜。我感覺只練習了幾十分鐘，沒想到卻已經過了好幾個小時。要是賢俊沒有出聲提醒，我大概根本不會發現。

「別再練了，回家吧。明天就要試鏡了，要是你過勞昏倒豈不是很搞笑嗎？」

我不是很累。本想這樣回答，但看見他堅持的眼神，我便默默點了點頭。隨後，他從口袋掏出一張皺巴巴的餐巾紙遞給我，並指著我的臉。

「把汗擦一擦。」

汗？這時我才發現，自己已是滿頭大汗。汗水沿著脖子滴落，在衣服上暈出一片水漬。接過他遞來的餐巾紙，我聽見他有些擔憂地詢問。

「你是不是在擔心？」

我露出「擔心什麼」的表情，他遲疑了一下才再次開口。

「我只是在想，你是不是擔心自己拿不到角色。」

那是他在劇團得知我要試鏡的角色後，問我的第一個問題。而我也給出了和當時相同的答案。

「不，我是擔心自己表現不好。」

當時他對這個回答一笑置之，這次卻沒有收起擔憂的神色。

「抱歉，我不是在懷疑你，其實我聽鄭製作人說了，明天可能會有一個強勁的對手參與試鏡，有點擔心你聽到消息後會很焦慮。」他遲疑地繼續開口：「而且你這幾天如此認真埋頭準備，甚至顯得有點迫切。」

「迫切啊。也不知道這種說法正不正確，畢竟嚴格來說，這是神經病給予的唯一一次機會。但就算這次落選，如果我真的想演戲，說不定還是可以另謀出路。比如這種小型舞臺劇的演出，搞不好有機會說服他。」

不過，我現在渴望的是更寬闊、且到處都有攝影機和拍攝器材的地方。比起舞臺，我似乎更想站在熟悉的片場中央。想演戲的渴望與想獲得認可的心情在內心生根發芽，或許我如此拚命練習，就是這種迫切渴望帶來的恐懼吧。

我害怕自己會和鄭製作人的電影主角一樣，竭盡全力卻只能被平庸的現實擊垮；害怕在試鏡落選後，我真的會如同神經病所說，認清自己並不具備商品的價值；與此同時，害怕自己不夠努力的想法也折磨著我。但我什麼都沒說。

「已經有人四處炫耀我會參演這部戲了，所以我一定要拿到角色。」

我平靜地回答後，他噗嗤一笑，問道。

「是誰？」

「叔叔。」

本以為會很尷尬的稱呼輕易地脫口而出。我從地板上撿起被翻閱得像破爛抹布的劇本，簡單打掃完舞臺後才走出劇場。此時已過午夜十二點，日期也變為隔日。不過，不似現實中變換的數字，昏暗的夜晚並未有任何不同。我暫時闔上眼睛，讓涼風吹乾濕黏的汗水。而緩步走來的賢俊將門鎖上，祝我隔天試鏡加油。我向他點頭道別後，叫住了正準備轉身離開的他。

「拍電影的時候——」我看著再次轉頭面向我的他，隨口問道，「雖然只是演戲，但你會不會害怕過上主角的人生？即使拚命認真努力，最終還是敗於自己毫無天賦的現實。」

「當然會害怕。」和我一樣隨口回答的他笑了笑，「怕到我甚至想一死了之。」

「……」

「但我後來發現，不管再怎麼絕望，都無法戰勝我對演戲的渴望。隨著時間流逝，縱使絕望消失，意志被現實磨平稜角，內心的渴望也一直存在。」

他凝視著半空中，像在思索該如何遣詞用字般，靦腆地笑了笑。

「該說是熱忱嗎？就算在現實遭遇挫折，自認已經放棄一切，真正想做的事情也不會消失，內心蟄伏的渴望仍會在某一刻突然出現。痛苦終將消逝，覺得這件事自己非做不可的迫切，依然會催生出重新開始挑戰的勇氣和衝動。但說實話，這其實並非什麼偉大的信念。」

儘管他語帶笑意，我卻笑不出來。或許，是我看見了那摻雜著苦澀的笑容吧。

「不過，就如同大家說的，人生沒有正確答案。不管選擇自我實現還是向現實低頭，同樣會留下遺憾和難過。所以我們能做的，只有朝著自己選擇的方向奮力向前。」他再次轉身，輕拍我的手臂。「而且在我看來，你已竭盡所能堅持到最後了。拿到角色之後，別忘了請我吃大餐。」

他轉進巷弄的身影消失後，我仍站在原地。賢俊的最後一句話，大概是我已經盡力的意思。但我依舊無法給予自己肯定的答案。或許內心越渴望，意識到自己不足的焦躁也會更加強烈。

我在原地遲疑許久，好不容易才挪動腳步。我能隱約感覺到，自己心中的標準似乎又提升了。渴望某件事儘管令人焦躁不安，但當結局到來之時，這一定是一段有趣又獲益良多的經歷吧。

因為試鏡地點和漢洙相同，不會走錯，我刻意沒讓經紀人送我。雖然以此作為藉口，其實是我已經預見那兩個人會比我更緊張，所以故意告訴他們試鏡改了時間——改成他們兩個抵達的時候，試鏡結果已經出爐的時間。

就這樣，我沒有經紀人陪同，獨自前往試鏡會場，看見了跟漢洙試鏡時差不多的情景。有些人已經拿到號碼牌坐下，在長長的走廊盡頭，還有些人為了參加下午的另一場試鏡而提早到場。但與漢洙那時不同，這次提早抵達的只有寥寥數人。

太早到場是有點好笑，不過，考慮到重要角色通常會越晚舉行試鏡，今天的試鏡應該比漢洙那天還重要，提早來準備的人居然這麼少？我看著貼在門上的試鏡通知，停下腳步。

在我這個角色的試鏡結束後，將舉行主角朋友一角的試鏡，也就是在朴室長辦公室嘲笑我的飲料報名的角色。這表示還有一些知名演員會來囉？說不定他們聽到自己得參加試鏡，都在保母車上鬧脾氣呢。

不曉得是不是這個原因，即使試鏡快要開始了，仍有許多人尚未到場。我一邊猜想他們是不是和飲料一樣有大頭症，一邊領取了號碼牌，隨便找了一個位子坐下。只不過，現場氣氛似乎有些奇怪，大部分的人都一臉鬱悶。我有些納悶地仔細環顧四周。

大家的表情並非緊張，而是有些憂鬱，要不是苦著一張臉，就是接連唉聲嘆氣——只有一個人除外。他是現場唯一正在研讀劇本的人，雖然不像我把劇本翻到破破爛爛，還是可以看出認真閱讀的痕跡。此刻他似乎也專心致志地讀著劇本，表情相當平靜。我靜靜凝視著他，總感覺他相當眼熟。就在這時，旁邊的嘟囔引起了我的注意。

「靠，他真的來了，不是說有可能不來嗎？」

有個人對著像是經紀人、年近四十的男人詢問後，嘆了一口氣。

「唉，我明明聽說他可能不會出現，媽的，錢白花了……」

兩人的不滿，似乎是針對那個認真研讀劇本的男人。這時我才意識到，鄭製作人和飲料說的就是他吧。他一定就是讓鄭製作人抱歉地說我可能不會被選中、飲料嘲笑我竟敢挑戰這個角色的演員。我突然有點好奇，於是轉頭詢問為了失去的金錢感到惋惜的兩人。

「請問那個人是誰？」

聽到我的提問，兩人同時轉頭看向我指的人，再一起抬頭看我，露出傻眼的表情。

「你說誰？該不會是說那邊的金智宏吧……」

「他叫金智宏嗎？難道是知名演員？」

「……」

兩人上下打量著我，用懷疑的語氣詢問。

「你在錄整人節目嗎？」

說什麼鬼話？我靜靜凝視他們片刻，兩人馬上交頭接耳地說了句「好像不是」，無言地向我解釋。

「他是非常著名的電影演員，雖然主要飾演配角，可演技實在沒話說，最近也開始擔綱主角了。」

啊，他果然很有名，怪不得我總覺得在哪見過。我在內心深表贊同，與此同時，來到試鏡會場的兩人卻深深嘆了口氣，說出了他們絕望的原因。

「而且這部電視劇的原作翻拍成電影時，這個角色就是由他飾演的。」

上演技課的時候，我曾經看過兩部同名的電影。不只片名，就連劇情都一模一樣，是相隔幾十年的原版與重製版。講師讓我們看那兩部電影，是為了講解同一個角色可以如何以不同方式詮釋。

有趣的是，即使重製電影的編排更棒，人們仍然比較屬意原版。究其原因，正是由於原版演員的演技過於精湛，徹底演活了那個角色。若角色形象被演員徹底定型，不管後來者如何演繹，人們都只會將其視為原版的替身。

當然，有些時候則剛好相反。在重製版演得更好的演員，反而能刷新人們腦中對於角色的固有印象。不過，據說後者的情況非常罕見，我自己想了想也覺得沒錯。要是前一位演員的形象深植人心，要打破既定印象必定十分困難，更何況對方還是個演技非常精湛的人。

儘管對我來說，他是比花錢收買評審的人還難應付的對手，卻同時帶來了一些好處。這場試鏡有三分之一的人缺席，另外三分之一則是放棄般一走了之，為我省去了許多等候時間。原本我們的編號相隔甚遠，但到後來偌大的等候室就只剩下我們兩人。好巧不巧，他似乎也是獨自前來，沒有經紀人陪同。只見他向我露出隨和的笑容，主動開口。

「你也是自己一個人來嗎？」
我點頭說了句「對」，他便逮到機會似的坐到我旁邊，盯著我的臉問道。
「我對電視圈不太熟，方便請教你演過哪一部電視劇嗎？」
看起來比我年長三、四歲的他似乎相當直率，就連提問也是直截了當。
「哎呀，因為我好像沒見過你。」
「的確沒見過，我沒上過電視。」
聽聞此言，他驚訝地睜大眼睛。
「所以你是新人？」
「對。」
「哇，你的後臺一定很硬。」
老實說，單論後臺的話，的確挺厲害的……但也沒有到很硬的程度吧？
「沒有很硬，只是還可以。」
聽見我誠實的回答，他似乎覺得十分有趣，好奇地朝我湊近。
「那裡面的評審當中，有你的靠山嗎？」
「有。」
「幾個？喔，其實我也有一個。」他搔搔頭，主動坦白，「我剛換經紀公司，我們代表處心積慮想讓我進軍電視圈，而且也有和M電視臺簽約……總之，雖然飾演同一個角色沒什麼樂趣，我還是只能聽從公司安排。那你呢？」
「一個。」
我們經紀公司的理事倒是處心積慮阻止我進軍電視圈呢。不明白我苦衷的他好像很高興的樣子，笑著伸手要和我相握。

「我叫金智宏。」

「我是李泰民。」

他用力握住我的手上下搖晃，開心地笑著說道。

「很高興認識你。從我踏進這裡開始，大家好像都很討厭我的樣子，一直瞪著我，所以我只能自己縮起來看劇本。哈哈，就只有你沒瞪我。」

「因為我不知道你是誰。」

「喔，原來你不……哇？真的嗎？」

他大吃一驚，整個人更亢奮了。他給人一種不拘一格的感覺，像極了年長版的漢洙。難道演技天才的個性都是這樣嗎？我自顧自地懷疑，而他的聲音很快又恢復平靜，繼續問道。

「對了，你是新人，該不會只打算依靠後臺吧？我討厭演技差的人。」

他的嘴角勾著淺笑，我卻能感受到他語氣裡的認真。聽見他帶著笑意、不假思索的直率發言，我漫不經心地回應。

「我也討厭那些明明演戲演很久，還是只能靠後臺的人。」

話音剛落，他的眼睛倏然一亮，啪一聲，手立刻豪爽地搭在了我的肩膀上。

「哈哈！我很喜歡你！我們試鏡結束後去喝一杯……」

幸好，在忘記我們是競爭對手的他提出莫名其妙的喝酒邀約時，工作人員終於走出來通知我們。

「兩位請進。」

評審共有四人，而試鏡要在事先提供的劇本的八場戲當中，演出評審指定的一場。雖然可以看著劇本，但若不想表現得像沒有事先準備，將臺詞背起來肯定是更好的選擇。

試鏡由金智宏先開始。坦白說，說不震驚那絕對是騙人的。他的發聲、表情和動作，全都完美化身為國情院員工，和原本的他簡直判若兩人。即使工作人員用朗讀語文課本的方式與他對戲，他的演技仍極具渲染力。

我的演技只能駕馭與自己個性相似的角色，與他相比實在是天壤之別。當他表演完畢，輪到我的時候，我的內心其實有些鬱悶。但並不是被他的演技打擊了信心，而是我對角色的解讀居然和他大同小異。幹，早知道就先演了。我在內心咕噥著，開始表演被指定的片段。

我們分別表演完之後，負責打分數的四名評審交頭接耳地討論著。有人不耐煩地發著脾氣，但鄭製作人好像主導了討論，正努力說服他們。試鏡只需要表演一段就可以了，我有些茫然地站在原地發呆，見狀，一旁的金智宏突然湊了過來，在我耳邊小聲詢問。

「你真的是新人？」

我瞄了他一眼，他又朝我靠近半步，再次問道。

「你真的是新人嗎？演得很好耶。」

接著他又強調了句「我是說真的」。不過，我只覺得他是在揶揄我。開什麼玩笑？你演得不是更好嗎？但我能感覺到他沒有惡意，便隨口回應。

「我自己也知道。」

我感覺他愣了一下，目光又轉回前方。評審們似乎討論完了，由鄭製作人起身代表發言。

「兩個人都很符合我心目中的角色形象，可以說兩位都是晉級到最後的人選……所以我希望再看一段你們的表演。」

儘管帶著微笑，可我總覺得這是他勉強為我爭取的機會。畢竟就算形象符合，論演技還是金智宏更勝一籌。我認為這是鄭製作人不好意思直接淘汰我而給予的機會，於是心懷感激地接受了。只不過，這次的表演附帶了條件。

「對了，因為想進一步檢視你們的演技，咳咳，這次要請你們陪對方對戲。」

聽見這番話，我瞬間明白了鄭製作人的用意。大概是想看看若與演技精湛的對手演員互動，我的表現會不會更好吧。他真是為了我煞費苦心，難道是對我有一份提攜的責任感？

「剛才是金智宏先生先開始的，這次換李泰民先生先吧。」

其中一個評審好像不太高興的樣子，臭著臉下達指令。對於要再多試鏡一段，他似乎不太樂意，看來他應該就是金智宏說的後臺吧。接著，鄭製作人指定了我要表演的片段。

我的部分本來就是試鏡的臺詞，所以無所謂，問題出在金智宏身上。在這段演出中，和我對戲的是主角的朋友。他說了句「請稍等」之後，目不轉睛地盯著劇本看了幾分鐘，隨後便將劇本丟到地上。剛才不太高興的評審問他「你不用看劇本嗎」，而他笑著回答。

「我剛才背起來了。」

就如同他自信的發言，他不只將臺詞全都背起來了，甚至還展現了不輸方才的精湛演技，認真與我對戲，彷彿他是來試鏡朋友一角的演員一樣。儘管鄭製作人的本意是想讓我多加表現，實際情況卻恰好相反。不過，我的內心並沒有任何波動。

試鏡前，我一直感到不安，一直害怕著自己並未拚盡全力，總覺得自己應該再多做些什麼、再多準備些什麼。但在實際參與試鏡後，我好像隱約得到了答案。不僅知道了自己的演技落在哪個程度，也明白自己真的已經盡力了。

表演完之後，我第一次放鬆地露出笑容。看見那樣的我，鄭製作人表情微妙地垂下目光，手指不停輕敲桌面，一副若有所思的樣子。直到旁邊的人喊了一聲，他才回過神來。

「喔，很精彩，那這次反過來，嗯，要演的是……」

他一邊翻閱劇本，一邊喃喃自語，這時，支持金智宏的評審卻搶先插話。

「演第三段吧。」

他說完後，鄭製作人翻了翻劇本，立刻皺起眉頭。

「嗯，這個……」

「怎麼了嗎？既然李泰民先生演出的片段由鄭製作人決定，現在換我決定總可以吧？」

他強硬地反駁後，鄭製作人沒再多說什麼，可眉頭依舊深鎖。原因也很簡單——在第三場戲我要飾演的角色是個女生，一個婀娜多姿、如同玻璃般脆弱的女性角色。那位評審似乎認為我飾演那個角色後，糟糕的演技就會原形畢露，一臉幸災樂禍地下達指示。

「來，李泰民先生，給你一段時間閱讀劇本，趕快把握時間吧。你應該沒辦法馬上背起來，要看著劇本演也……」

「不需要，我已經背起來了。」

「你說什麼？」

他訝異地挑起眉毛。包含金智宏在內，所有人都驚訝地望向我。我看了地上的劇本一眼，開口回答。

「我在試鏡前就統統背起來了。」

當然全都背起來了。因為這就是我第一次去找賢俊時，他交給我的方法。

「好，接下來我會告訴你一個方法，一個能找到正確答案的方法。但這是個非常笨的方法。」

「什麼方法？」

「從與自己演對手戲的演員視角，檢視自己的角色。就像照鏡子一樣，如果要客觀檢視自己的表現和角色塑造，就要站在旁觀者的角度。不過，如果要那麼做，你就必須鑽研劇中每一個與你有交集的角色。你可以的吧？這是個很笨也很瘋狂的方法，不僅耗時，而且會非常辛苦喔。」

我理所當然地點了點頭。只要能讓自己進步，耗費好幾倍的時間和精力又有何妨？

那是我在第三場戲飾演對手角色，和賢俊對戲的時候。就像他說的，從別人的角度審視自己的角色，的確能發現先前看不到的許多盲點。也多虧賢俊為了我認真演繹國情院員工一角，我才能獲益良多。尤其是第三場戲，他每次肩膀都抖個不停，艱辛地念完臺詞後才在地上瘋狂打滾。

「呵哈哈哈，太好笑了！我第一次看到演得這麼差，還認真演到最後的人！啊哈哈哈！」

笑到猛拍地板的他，流著眼淚豎起雙手的大拇指。

「真不是蓋的，你真是太棒了。居然毫不怯場，厚著臉皮演完了，哇，我笑到眼淚都要流出來了。而且你還演得超認真……呵呵呵，演到後來，我甚至覺得你演得很自然！」

我沒學過要如何飾演女人，也不曉得該怎麼做，只能盡我所能認真詮釋。但他那種反應，害我那天差點變成殺人兇手。

我也知道自己的聲音很搞笑，但我要演的是個女性角色，就算聲音再怎麼厚重，也不至於像我這樣低沉。硬要說的話，我唯一犯的錯誤，就只是想像自己是女人、不自然地抬高聲音，並僵硬地模仿女性的一言一行而已。即便是我，被那樣嘲笑也會感到十分難為情。

不過，就如同賢俊的稱讚，我的臉皮足夠厚，所以在與金智宏對戲時，我當然也和練習時一樣，厚著臉皮演出。我記得所有臺詞，並毫不遲疑地開始演繹。起初大家都露出驚訝的神色，隨後又馬上僵硬得如同一尊銅像。三個評審瞠目結舌，鄭製作人雖然嘴巴緊閉，卻彷彿在憋氣般隱隱顫抖。但最重要的，是金智宏的反應。

「你一定要相信人家說的，好不好嘛？」

為了化解國情院員工的誤會，迫切的辯駁不自覺脫口而出。此時此刻，我化身為一名嬌弱的女子，雙手交叉在胸前，滿眼急切地望著對方。從我開始表演後，金智宏的表情就變得十分怪異，遲遲沒有念出下一句臺詞。就算開了口，也像在壓抑著什麼，開闔的唇並未發出半點聲音。過了好一陣子，他終於漲紅著臉，硬著頭皮說道。

「……我相信妳。」

這句臺詞他居然要想這麼久？而我立刻念出自己的下一句臺詞。

「真的嗎？哼，你該不會只是敷衍人家吧？」

帶著疑問的口吻讓尾音稍微上揚，金智宏的表情再次詭異地扭曲。他的肩膀不受控制地抖動，又過了一段時間，他終於勉強開口。

「我沒有敷……噗，呃……我、我迷有敷衍妳。」

他到底怎麼了？簡直像被愛麗絲社長傳染了破音。後來，根本忘記要演戲的他，只能勉強念出臺詞。明明只有三分鐘左右的片段，他卻耗費了將近十分鐘才結束試鏡。

身為最後兩位試鏡的演員，在評審評分完開會時，我們理應忐忑地等待結果出爐。然而，情況卻與我想像中截然不同。本該繃緊神經的其中一名演員，此時正癱坐在地上，肩膀不停抖動。

「呵呵呵，一本正經表演實在太搞笑了……呵呵呵，而且還演得那麼認真，簡直更好笑……呃呵呵哼。」

也不知道他是哭是笑，甚至忘了這裡是試鏡現場，直接飆出眼淚。不過，應當責備他的評審也沒好到哪去。與我們無關的兩人轉過頭試圖讓自己冷靜下來，鄭製作人則是緊緊咬住下唇，看著我的臉努力憋笑。

實話實說，剛才任誰看了都會誤以為我是故意干擾對手演員的表演，實際上也的確有人這麼認為。除了我之外，唯一沒笑的人——那名支持金智宏的評審，正一臉錯愕地愣在原地。他似乎因金智宏的試鏡以一個詭異的形式告終而備受打擊。在人們的竊笑中，他猛然轉頭瞪向我。

「嘿，你、你叫什麼名字？喔，李泰民先生，你剛才是故意的嗎？」

「那絕對不可能是故意的。」

鄭製作人在一旁插嘴道。他仍在忍笑，表情看起來有些奇怪，不過還是清楚告訴對方。

「你也知道嘛，第二次表演是臨時決定的，而且——」

他轉頭看我，又差點笑出聲來，立刻挪開目光。片刻過後，他清了清喉嚨，再次說出未竟的話。

「不是你自己叫泰民先生表演第三段的嗎？」

可能是百口莫辯了吧，那人先是緊閉雙唇，又指著我宣洩不滿。

「那他怎麼可以演得那麼搞笑？我看他是存心想干擾金智宏先生吧。」

「對，是滿搞笑的。」鄭製作人點點頭，又繼續說：「可是在我看來，並不覺得他是故意干擾別人，他只是在認真表演而已。而且誰會為了干擾別人，刻意背好其他角色的臺詞、提前練習呢？又沒事先說試鏡會有這個橋段。」

「我同意鄭製作人說的。」

出聲贊同鄭製作人的，是笑到眼淚直流、正勉強抬手擦去淚水的金智宏。他站起身，面帶笑容指著我。

「我也不覺得他有干擾我的意思，我知道他只是在認真和我對戲，專注投入那個角色。但實在太好笑了……呵呵……」

又忍不住笑出聲的他，好不容易才平靜下來，望向鄭製作人。

「李泰民先生只是非常認真地演出而已，如果那個角色的人選還沒確定，我想推薦他。」

噗——聽到他推薦我飾演女角，鄭製作人嘴角抽搐地撇過頭。看到自己偏袒的金智宏也跟著唱反調，那名評審可能感到十分無言，只能嘆了口氣。

「唉，金智宏先生，你應該表達不滿才有機會重新表演吧？」

半自暴自棄的他說完，便把評審召集到同一個地方。好像準備要作出最終決定了，工作人員請我們先到外面待著。不過似乎有許多想討論的地方，我們還沒離場，他們便開始聚首交談。

我坐在等候室的椅子上，凝視著不知何時會再次開啟的門。即使金智宏在最後關頭笑場，但大家都知道那不是他真正的實力，金智宏理應能獲得較高的分數。儘管這表示我會落選，但從試鏡開始時就異常平靜的情緒，並沒有讓我感到心痛或難過。

也許之後被公司開除的時候，我可能會有些失落吧。我大腦放空，靜靜坐在原地。這時，一股探究的視線從旁邊射了過來，於是我挪動目光，發現與我相隔一個空位坐下的金智宏正直直地盯著我。就算對落選不怎麼失望，但我畢竟是普通人，沒辦法用平常心看待把我擠下去的人。

「怎麼了？」

我語氣冷漠，而他只是仔細端詳我，開口說道。

「你真的是新人耶。」

我不是跟你說過了嗎？我懶得回嘴，說完「對」之後就準備把頭轉回去，可他卻壓低聲音，喃喃自語般繼續說道。

「你剛才念出女角色的臺詞時，的確看得出尷尬和新人特有的青澀，可是你飾演國情院員工完全不會那樣。」他抬起目光，感到神奇似的笑了笑。「要是你沒有念出女角的臺詞，我大概不會相信你是新人，因為你飾演國情院員工的演技非常成熟且自然，就像已經演戲好幾年的人。」

我覺得他只是在講廢話，便隨口回道。

「因為我有練習。」

「……」

沒想到，他反而看著我，一副我更奇怪的樣子，輕聲咕噥。

「有些東西是練習不來的。」

我正準備問他「什麼意思」，這時，門內倏然傳出一陣騷動。咆哮般的怒吼陣陣傳來，裡面的人似乎吵得不可開交。被門板阻隔的聲音無法聽清，但我確定這咆哮並不是來自鄭製作人。那就是其他評審在發脾氣囉？該不會是鄭製作人堅持要選我吧？儘管有些懷疑，我還是立刻否定了這個猜測。此前鄭製作人雖然說了抱歉，但他對於自己的作品向來不會在選角上感情用事。

「你說你沒拍過電視劇，那有拍過其他的嗎？還是這是第一部作品？」

裡面的喧鬧越發響亮，金智宏卻彷彿只對我感興趣般，一直問個不停。

「還有，確切來說，你學演戲多久了？一年了嗎？」

「……」

「兩年？」

「不到半年。」

這次換他閉上嘴巴了。我這才轉過頭，豎起耳朵仔細聆聽他們爭執不休的內容。

「太離譜了！為什麼連報名都沒……」

「很合理啊！表現得好，就有機會換……」

我聆聽著不時傳出的大喊。他們到底為了什麼事吵成那樣？而且後面那個人的聲音，有點像支持金智宏的那位評審。沒聽見鄭製作人的聲音，讓我越來越好奇了。這時，旁邊的人又再次開口。

「才不到半年……那你真的沒有任何一部作品囉？」

聽見他突然正經的語氣，我看著他，開口回答。

「拍過一部電影，鄭製作人這次拍的。」

「喔，所以是鄭製作人……你在裡面飾演哪個角色？應該不會是主角……欸？不會吧？」

他好像突然想起了什麼，驚訝地瞪大雙眼。我原本只顧著聽清楚裡面在吵什麼，一直懶得理他，但他接下來的問題，卻讓我倏然一愣。

「在電影裡自殺的那個角色？是嗎？」

他是怎麼知道的？電影還沒上映耶。見我沉默下來，他好像知道自己猜中了，於是露出微笑。

「我有個朋友是電影雜誌的編輯，我聽他說過電影的事。他說有個演員雖然演起戲來有點尷尬，在某些場景又真實得令人起雞皮疙瘩。尤其是自殺那場戲。」

「……」

「原來那就是你。」

他點了點頭，朝我伸出手。

「我叫金智宏。」

剛才不是介紹過了嗎？我以為他忘了，正打算開口提醒，沒想到他居然記得。

「剛才那是試鏡前的問候，這次是真正的打招呼了。不管我們之中是誰落選，以後都要保持聯絡。」

他真摯的語氣，讓我把「如果是我落選就不會再跟你見面了」這句話吞了回去。不過，我還是把手伸了出去。他握緊我的手大力搖晃，露出微笑。

「我在電影圈人脈很廣，和我打好關係對你一定有幫助。」

不好意思，如果我落選，就不想和你……

喀啦。

門被推開的聲音讓我的思緒驟然停下，轉頭一看，工作人員招了招手要我們過去。

「結果出爐了。」

我們站在和試鏡時相同的位置面對評審。此時此刻，我的內心波瀾不驚，意外地十分平靜。畢竟已經知道誰表現得比較好了，也沒有任何憤怒或失望的感覺。我煩惱的反倒是待會要怎麼安撫哭哭啼啼的經紀人和漢洙。

「我剛才說過，兩個人都符合我心目中的角色形象，演技也都很不錯。」

鄭製作人先是開口誇獎了我們兩個，有點像是在安慰落選的那一方，但我比較希望他趕快公布結果。評審席上瀰漫著一股微妙的氣氛，坐在中間的評審們表情也十分怪異。

在會議期間大吼大叫的兩名評審並未掩飾自己的不悅，他們雙唇緊閉，一語不發地坐在座位上；而支持金智宏的評審，嘴角卻掛著志得意滿的笑容。看他開心的樣子，這個角色應該是金智宏拿到了吧。那另外兩個人為什麼不開心？就在這時，結束長篇大論的鄭製作人轉頭看向我。

「所以我們決定，這個角色將由李泰民先生出演。」

「……」

什麼？他對我露出笑容，我卻以為自己聽錯了，連呼吸都停頓片刻。我？我被選中了？如同證實這並非幻聽一般，鄭製作人轉頭看向金智宏。

「還有，金智宏先生，雖然很遺憾無法讓你飾演這個角色，不過……」

「為什麼？」

我打斷他的話，向前踏出一步，像那兩位面露不悅的評審一樣皺起眉頭。

「他演得比我好，為什麼選我？」

我冰冷的語氣讓鄭製作人嚇了一跳，不過他馬上就彎起嘴角，也不知道在開心什麼。

「沒錯，金智宏先生演得比較好，所以才決定讓李泰民先生飾演這個角色。」

這是什麼鬼話？我差點直接不管不顧地大吼出聲。憤怒之餘，身旁有人拉住了我的手臂。轉頭一看，表情平靜的金智宏正將我拉回原位。

「先聽鄭製作人說完吧。」

理應比我更生氣的他出言勸阻，我只好無奈地閉上嘴巴。見我露出彆扭的表情，鄭製作人反而展露更燦爛的笑容。

「我可以繼續了嗎？」

他請求同意般詢問後，轉眼看向金智宏。

「金智宏先生的表現確實更好，但這樣的演技已經遠遠超越了這個角色的極限，所以才沒辦法選你。不過，和李泰民先生對戲的主角朋友一角，你願意嘗試看看嗎？」

仍抓著我手臂的金智宏似乎非常驚訝，大聲反問了句「什麼」。這時我才知道，支持他的評審為什麼一臉得意了。因為主角的朋友，是戲份僅次於主角的、非常重要的角色。這時，鄭製作人用平靜的語氣繼續說道。

「其實待會就要舉行那個角色的試鏡，對於那些特地前來試鏡的人，我還是要看完他們的表演。不過，我心中已經認定是金智宏先生了。除了我之外，另一位評審似乎也有同感。」

當然，另一位評審是誰，大家都心裡有數。

「既然你沒有事先練習，卻能馬上記住臺詞，還能發揮如此出色的表現……我認為應該沒有其他演員能比得上你。所以我想先確認一下，你有沒有意願飾演這個角色？」

「有。」

果斷回答後，金智宏露齒一笑。

「當然願意，我也覺得飾演同一個角色兩次很膩呢。」

試鏡完的人可以從另一個方向直接離場，金智宏卻得再次回到等候室。不過，必須麻煩地再次參與試鏡的他卻笑逐顏開，死死勾著我的手臂不放，害我只好和他一起前往等候室。

好吧，反正我也有必須過去一趟的理由。收到我提供的錯誤時間而姍姍來遲的經紀人和漢洙，應該正在那裡等著我。果不其然，提早抵達卻發現試鏡早已結束的經紀人和漢洙，正一臉錯愕地站在等候室門外。他們大概是進去之後發現我不在，又聽到試鏡已經結束了，才會驚慌失措地站在原地。一看到我出現，兩人立刻衝了過來。

「泰民！你怎麼現在才出現！試鏡已經結束了！」

「呃啊！怎麼辦，聽說試鏡已經結束了，嗚嗚嗚……你怎麼遲到了？」

看見他們兩個，我忽然有點慶幸自己順利通過試鏡了。要是我落選，他們一定會哭得呼天搶地吧？

「我剛試鏡完出來。」

「喔，好，試鏡……什麼！」

「你試鏡完了？太好了，我們還以為……啊啊！」

鬆了一口氣的漢洙一看到我身後的人，立刻睜大眼睛愣住了。以交換電話號碼為條件，終於願意鬆手的金智宏就站在不遠處。大概是發現那兩個人是在等我，才會故意保持距離吧。不知情的漢洙趕緊戳了戳經紀人，跟他竊竊私語——用金智宏也能聽見的音量。

「經紀人，那是金智宏耶，金智宏。」

「唉，有順利參加試鏡就好，金智宏……嚇！」大吃一驚的經紀人愣愣地提醒我：「泰民，電影演員金智宏站在你後面耶。」

「……」

「啊，他對我們笑了？」

「泰民先生，怎麼辦？他要過來了。」兩人邊說邊勾住我的雙臂，在我試圖甩開他們時，主動站到我們面前的金智宏卻開口問道。

「是家人嗎？」

「絕對不是。」

我不自覺握緊拳頭。儘管他一臉期待我介紹的表情，我卻勉為其難地指著房間裡面。

「你是不是要先拿號碼牌？」

他小聲咕噥著「對耶，號碼牌」並轉過身，手擺出喝酒的動作。

「知道我的號碼吧？記得打電話約我喝酒。啊，雖然開拍之後會經常碰面就是了。對了，我還有很多朋友可以介紹給你。」

見他轉身走進等候室，兩旁的人同時拉住我的手臂。

「泰、泰民，這是怎麼回事？你、你本來就認識金智宏嗎？」

「對啊，而且他剛才是、是邀你一起喝酒嗎？」

感覺我若不回答，他們就不會放開我，於是我只能迫於無奈簡單說明。

「我們只是剛才一起試鏡而已。」

說完後，兩人才終於點頭接受，但表情隨即又轉為錯愕。

「原來如此，一起試……蛤？」

「喔，原來是在試鏡變熟……啊！」

話只說了一半，但我知道他們是想問我是不是和金智宏試鏡同一個角色。見我點了點頭，兩人的臉霎時變得一片慘白。

——所以你落選囉?!

可能是相處了幾個月的緣故，我已經能從表情看出他們內心所想。不過，這次我搖了搖頭。

「怎麼可能！」

「太扯了吧！」

「沒有，我獲選了。」

「……」

這是什麼反應？看著強烈否定的兩人，我隱約有些火大。我自己也承認他的演技更好，但從別人口中聽到還是有點受傷。他們大概也從我的表情看出了我的不爽，只見兩人同時驚訝地後退一步，降低音量改口道。

「沒有啦，其實也沒那麼扯。」

「我只是被嚇到了。」

我莫名有種預感，總有一天我會因為出手揍了他們兩個而被關進監獄吧。與此同時，我也望向等候室的門。

「製作人想讓他飾演其他角色。」

——什麼角色？

我沒有回答兩人驚訝的提問，而是跟著走了進去。只見站在裡面的金智宏「啪」一聲用力把號碼牌貼在胸前，威風凜凜走進等候試鏡的演員行列。隨著他邁開腳步，所有人的視線全都聚集到他身上，周圍嘈雜的議論也越發響亮。胸前的號碼牌和手上新拿到的劇本，任誰看了都知道他準備要挑戰這個角色。

喀啦！

椅子與地板的摩擦聲倏然傳來，在場的某個人驚訝地站起身。不過，金智宏和一開始待在等候室時一樣，沒有理會眾人的目光，只是在座位上安靜地閱讀劇本。竊竊私語的騷動漸漸止息，人們依舊沉默地凝視著他。

即使等候室陷入寂靜，那些人無聲的驚愕咆哮卻越發震耳欲聾。他們看著金智宏，眼中浮現的不敢置信彷彿尖叫著眼前一切都是幻覺。而飲料也在那群人之中。我緩緩挪動腳步，朝他的方向走了過去。正在等候的幾人注意到我的動作，但在發現我沒有號碼牌後就不感興趣地收回目光。

飲料一直盯著金智宏，沒發現我正朝他走近。他的經紀人站在一旁，慌張地接起電話，這時他的目光才從金智宏身上離開，對著經紀人一頓怒斥。

「幹，趕快打聽看看是怎麼回事，金智宏明明是試鏡其他角色……」

經紀人拿著手機轉身，飲料卻沒能把話說完。他在看見我的剎那就立刻閉上嘴巴，眼神凶狠地瞪了過來。飲料的經紀人似乎急著跟電話那頭確認，沒有追問便直接掠過我身邊。我站到飲料面前，面無表情地俯視著他。他凝視我的表情逐漸轉為憤怒，語氣冰冷地開口。

「幹嘛？」

「來跟公司前輩打招呼。」

我說到「前輩」兩個字時，他的眉毛抽動了一下。

「畢竟你那麼擔心我的試鏡，我也想為你加油打氣。」

我緩緩環顧四周，刻意將目光鎖定在專注閱讀劇本的金智宏身上。

「雖然競爭對手是實力派演員，有點令人擔心，但我相信你一定會順利通過的。」

「幹，你是在揶揄我……」

「不，我是認真的，臭小子。」

語畢，我朝他彎下腰，在他耳邊低聲開口。

「一切都會順利的。你看起來演技普普通通，表示你一定有個厲害的金主吧？連實力派演員都能輕鬆輾壓的金主，是吧？」

他咬牙站起身，但似乎不想在這裡引起紛爭，只是瞪著我，出言警告。

喀啷。

「王八蛋，你竟敢……」

接下來的話顯然沒有繼續聽下去的必要，我直接轉身離開。那小子似乎想跟上，卻又在看見我前進的方向後倏然駐足。我走到專心讀著劇本的金智宏面前，開口說道。

「萬一你落選——」

我的聲音不大，他還是抬起頭。打擾他練習很不好意思，但有句話我一定要告訴他。

「我就不跟你一起喝酒了。」

他咧嘴大笑，嬉鬧般用拳頭捶了捶我的肚子。

「別擔心，我從來沒錯過自己真正想演的角色，而且這個角色很有趣。」

我也用笑容回應他，順勢瞄了在附近像一座銅像站著的飲料。我欣賞著他臉色慘白、愣在原地的畫面。

「我很期待。畢竟我已經拿到角色了，我會好好等著的。」

走出試鏡會場後，我先傳了簡訊給神經病。

——放棄監禁我吧。

一旁的經紀人和漢洙，正遲來地為我通過試鏡一事開心激動。

「啊哈哈哈，搞垮公司之後，我還以為自己窮途末路了，沒想到還能迎來這麼開心的日子！」

「對啊，經紀人！不只泰民先生拿到角色，我也……嗚嗚嗚，我也拿到了，心情棒透了！」

「豈止如此？虎視眈眈想拍泰民裸照的、陰險的李攝影師，現在也放棄那個計畫了，真是喜事成雙！」

李攝影師放棄那個計畫了？第一次聽到的消息，讓我轉頭望向激動的經紀人。

「你說李攝影師怎麼了？」

「嗯？你還不知道吧？我是來這裡之前接到通知的，就是呢，聽說有人向李攝影師提告，指控他拍攝的個人裸照是淫亂內容。呵哈哈哈！」

經紀人歡天喜地，我卻一頭霧水。我不太了解藝術，但裸露題材不是很常見嗎？美術館也有裸體的畫作啊。

「李攝影師拍的不是藝術照嗎？」

「對啊，是藝術照。」

經紀人立刻點頭。那究竟是為什麼？儘管十分好奇，不過遺憾的是，經紀人似乎也不清楚詳細情況，就只是在一旁幸災樂禍。

「可能是他被別人檢舉了吧。啊哈哈——我也不太清楚，反正他被檢舉了！早上李攝影師打電話來，哭著說這是某人的陰謀，但他絕對是被檢舉了。呵哈哈

——只拍自己喜歡的男人的裸照，結果被人檢舉了！啊哈哈哈——」

一旁漢洙的竊笑，更是助長了那份喜悅。

「說好聽點是藝術照，但我覺得他只是想拍自己喜歡的男人留作紀念。唉，真是太好了。」

「就是說啊，真是太好了。泰民，你不用再擔心了。李攝影師的裸照計畫已經取消，你的貞操不會受到威脅了。」

經紀人輕拍我的肩膀恭喜。不過，我已經失去貞操很久了……可惡。

「話說回來，我們應該要聚餐一下吧。要吃什麼？嗯？烤肉？」

無視我短暫擺出的臭臉，兩人已經迫不及待討論起聚餐地點。

「還是要吃生、生魚片？漢洙，你愛吃什麼？」

「哇——生魚片！生、生魚片很貴耶！」

「在這種開心的日子，誰管它貴不貴！就算會欠下卡債，我今天也要請你們大吃一頓！泰民，你想吃什麼？」

我正好看完神經病傳來的簡訊，簡短地回答。

「公司的員工餐廳。」

「……」

「……」

兩人的亢奮情緒像被潑了一桶水的火爐，立刻熄滅。我請錯愕的經紀人趕快開車過來，說出了我要去公司的原因。

「我要練習。」

「練習？不是啊，你才剛通過試鏡，今天可以開心休息……」

「我並不是憑實力被選中的。」

——那不然呢？

面對兩人眼中浮現的疑問，我把神經病傳來的回覆告訴他們。

「我只是幸運地當了漁翁。」

——聽說你是坐收漁翁之利才獲選的？等那種運氣用光，要監禁你就容易了。

最後，我們在公司的員工餐廳點了最貴的餐點代替聚餐，之後我就前往地下練習室了。兩人本想狂歡慶祝，但看我只是默不作聲地吃著飯，他們只好堪堪忍住。神經病說得沒錯，我很幸運，而且是非常幸運才能獲選。

萬一我的對手不是金智宏，而是漢洙遇上的那小子呢？藉由這次試鏡，我才發現世界上兼具實力與背景的人並不常見，更何況他還擁有出眾的外型。我倏然意識到，自己必須具備演藝圈看重的一切條件，才能加入這殘酷的競爭。

我從頭開始閱讀先前拚命反覆練習的臺詞，一股微小的興奮驀然在胸口湧動。在這個初次接觸的戰場中，我才剛剛起步，可只要一想到之後或許能在廣袤的天空中恣意翱翔，我便充滿了期待。巨大落地鏡中的面孔曾經如此陌生，可我現在已清楚記得，那就是我的樣子。

練著練著，不知不覺就超過晚上九點了。不過，我刻意留到這個時候是有原因的。我在練習室旁邊的淋浴間沖掉身上的汗水，便前往六樓朴室長的辦公室。途中，我想起了方才練習時神經病傳來的簡訊。那是我問他什麼時候回來，他給我的答覆。

——我今天會抵達首爾，要先到公司一趟再回去。

既然他說今天就會抵達，我想朴室長應該還在公司。而我果然沒猜錯，因為工作成癮的上司而無法準時下班的朴室長，正拿著電話對親愛的哭訴。

「嗯，嗚……親愛的，我也想妳。嗚……今天是我們第一次牽手的紀念日耶……嚇！」

半趴在書桌上的他，一看見我便倏然倒抽了一口氣。

「李、李泰民先生……親愛的，我晚點再打給妳。」

急忙掛斷電話的他坐直身體，換上一副工作中的表情抬頭看我。

「李泰民先生，請問你來這裡有什麼事嗎？」

一板一眼的語氣在他紅腫眼睛的襯托下，顯然沒什麼效果。

「我來拿幹部辦公室的樓層門禁卡。」

「你為什麼要去那裡？」

「我要去尹理事的辦公室。」

「為什麼？」

他的眼神充滿懷疑，對我十分提防。我看著時鐘反問道。

「要是尹理事晚回來，朴室長也會晚下班吧？」

「這是我的事，你不用……」

「今天不是你和夫人的紀念日嗎？要是連這麼重要的日子都晚歸，夫人不會氣到離家出走嗎？」

他倒抽了一口氣，說話開始結巴。

「你、你說什麼？」

「今天這種日子，你就趕快回家吧。」
「我說你，你以為我不想回去……」
「有事我會負責。」
「……」
他默不作聲凝視我很長一段時間，眼中的懷疑似乎稍有減退。
「你要怎麼負責？」
我向他開口。
「你應該知道吧？我和尹理事的叔叔非常要好，甚至讓你覺得他是我的金主。」
儘管不太情願，朴室長還是更重視第一次牽手的紀念日，得到我的再三保證，便開開心心地跑了出去。從他那裡拿到了門禁卡，我終於得以進入先前曾經去過的、神經病的辦公室。
開燈後，辦公室裡空無一人。寂靜的空間總讓我無端聯想起死亡，這裡卻沒有那種感覺。屬於他的味道和記憶中的身影彷彿填滿了整個空間，光是踏入此處，就足以令我心跳加速。
我將沒有完全吹乾的頭髮向後撥，走到沙發旁一屁股坐下。認真練習時還不覺得，直到身體陷進柔軟的沙發，疲憊感才倏地將我包裹。既然那小子說今天之內抵達，快則幾分鐘，慢則幾小時後就會見到了吧？
他明明才出差兩天，但可能是試鏡的關係，總感覺今天特別漫長。試鏡結束後便立刻傳了簡訊給他，想給他一個驚喜，沒想到他居然無趣地搶先知道了結果。不過，至少這次會嚇到吧？我一邊這麼想著，一邊闔上沉重的眼皮。

可能是希望他回來時自己還是清醒的，儘管睡意湧上，我卻沒有真正沉入夢鄉，因此在聽見「喀啦」的開門聲後，我立刻驚醒了過來。沒辦法躲到門後嚇他有點可惜，不過我至少能醒著迎接走進來的人。

嘰——

門被推開後，正在撥打電話的他走了進來。與此同時，我擺在桌上的手機也跟著發出震動。神經病身形一頓，在門口停下腳步。我坐起身，拿起仍在鈴響的手機，抬頭看他。

「如果是打給我的就掛斷吧。」

電話又持續響了一段時間，他才掛掉電話走了進來。他的表情和平時沒什麼不同，我卻覺得他的沉默十分奇怪，於是伸手撥了撥凌亂的髮絲。

「我睡了一下。」

簡單為臉上的睡痕辯解後，我轉眼看向牆上的時鐘。時針指著十一點。感覺只睡了幾分鐘，原來已經兩個小時了嗎？我在內心咕噥著，再次看向他，他卻只是靜靜站在門邊。我看著他，猛然想起自己來到這間辦公室的目的。啊，我是過來給他驚喜的。不過現在看來，他似乎不太像是驚喜的樣子。

「我待在這裡，你嚇到了嗎？」

我隨口一說，順便揶揄他，而他終於有所反應。

「對。」

揉著眼睛的我反而被嚇了一跳。剛才是我聽錯了嗎？

「你嚇到了？真的？」

他輕輕點頭，語氣生硬地說道。

「因為我推開門的時候才在想，要是你立刻出現在眼前就好了。」

「……」

「沒想到你真的在。」他嘴角微微上揚，「只要再聽你說一句話，我的疲憊就會瞬間消失。」

「哪句話？」

他緩緩垂下看不出情緒的目光。

「你在這裡等我的原因。」

不知為何，我霍然想起他先前曾問過我好幾次的問題。隔一天見面的時候、出差回來的時候、從美國歸來的時候，以及他見完金會長的時候，這個問題都不斷反覆出現。

——你想我嗎？

雖然沒有明說，但「原因」兩個字聽起來就別有深意。這才想到，我好像從未認真回答過這個問題。我撥開遮住眼睛的瀏海，輕輕開口。經紀人每次看到都擔心地要我去燙一燙的僵硬髮絲從指縫滑過。

「因為我想你了。」

聽到我的回答，他才動身離開門口。儘管腳步不快，他的手卻急躁地脫下外套丟到地上，並粗魯地鬆開領帶拋向一旁。走到我面前時，他襯衫的鈕釦已全部解開，中間隱隱露出結實的胸膛。

可惜即使他脫下襯衫，我也沒機會再仔細觀察了。他赤裸著上半身直接壓了下來，讓我再次陷入沙發之中。他的重量讓我的身體又往下沉了幾分，但這並未帶來任何不適。帶著一絲急躁覆上的嘴唇，讓我腦中再也容不下其他東西。

溫熱的唇瓣吸吮般緩慢舔弄，溫柔的輕壓讓內心躍起一股熱流。我伸手環住他的後頸，將他勾向我。儘管兩具身體已在狹窄的沙發上緊緊相貼，我卻渴望更多觸碰。不，只是親吻還遠遠不夠。

我掛在他身上，張嘴接受他粗魯攪弄的舌頭。炙熱又濕潤的舌頭在口中翻攪，挑逗著口腔內敏感的嫩肉。我不由自主地發出喘息，他給予的刺激，彷彿讓我的內心也跟著騷動。心跳逐漸加速，呼吸也漸趨急促。

啾，啾……

他稍稍退開，舔吻著濕潤的唇瓣。灼熱的喘息無法傾吐，好似那讓人暈眩的炙熱在徹底吐出前就被他吞噬殆盡。熱意在大腦蒸騰，溫度如賽跑般不斷攀升。

為了宣洩那讓人難以自持的熱意，我伸出手撫摸著他的身體。掌心沿著肩膀向下移動，背部結實的肌肉正隨著他的動作隱約起伏。我將手覆在他的肩胛骨上，感受著與我同樣灼熱的溫度。光是這樣的觸碰，就令我呼吸漸喘。倏然間，他的手隔著衣服撫過我的下肋，讓我的腰忍不住顫抖著微微蜷縮。

原本急切親吻著我的他稍稍退開，抓住我身上的T恤往上一掀。我順從地鬆開手，任他脫去我的衣物。我像個孩子般將雙手舉過頭頂，由布料構成的昏暗隧道甫一消失，他的唇又再次貼了上來。

哈啊……

喘息般的呻吟不受控制地溢出，被欲望浸淫的身體彷彿知道該如何滿足這蠢動的迫切，乖巧地隨著他的動作被扶了起來。

一坐上他的大腿，他便扣緊了我的腰。下身已然挺立的欲望和他緊緊相貼，即便只是隔著衣服磨擦，過分的刺激還是令人忍不住喘息。

我下意識往前磨蹭，更用力地勾住他的脖子和肩膀。和著急的我一樣，他亦加重了抓住我的力道，扶著我的屁股隔著衣服磨擦自己的性器。

陣陣傳來的麻癢讓我急切地尋找著他的唇瓣，呻吟也再次輕淌。可能是終於忍耐到了極限，他抱起我的腰，讓我雙腿岔開跪坐在他身上。明明嘴唇只是分離片刻，我卻像氧氣罩被拔走的病人般，無法獲得任何空氣。而他也忍無可忍似的，一手扣住我的後腦勺，再次吻了上來。

啾。

嘴唇又一次被用力吸吮，無力的腿癱軟在身側。與此同時，他伸出另一隻手解開我的褲頭，而我也急躁地想脫下他的褲子。就好似我現在唯一能做的，只有盡快擺脫礙事的衣物。

我不知道自己的褲子是何時被脫下的。當再次坐回他腿上，我已經一絲不掛。寬厚的手掌在我赤裸的肌膚上四處點火，他先是一陣低喘，隨後便強硬地箝制住我的下巴，將兩根手指塞進我的口中。突然插入的手指讓我皺起眉頭，他宛如咆哮的低沉命令卻再次將我蠱惑。

「含著。」

低啞的嗓音如同阻絕他洶湧欲望的最後一道防線，口中進出的手指一被口水沾濕，就立刻拔了出去。隨後他的唇又湊了上來，粗魯的啃咬彷彿要把我吞吃殆盡。與此同時，濕潤的手指也開始輕揉著我的後穴。

我們做愛的次數不算多，後穴卻已憶起被填滿的歡愉——粗大而灼熱的性器狠狠挺進，被鞭笞的內壁濕軟得一蹋糊塗。疼痛逐漸消退，酥麻的快感便會湧上，渴欲的身體早已蠢蠢欲動。

他的指尖在洞口磨蹭，發現我的動作後，便將一根濕潤的手指插了進來。僅僅是探入一根手指，我卻有種被填滿的錯覺。肌膚在快感的挑逗下敏感地戰慄，將不適的疼痛徹底淹沒。

被焦渴支配的身體深知該如何乞求即將到來的快樂，我順從地放鬆下來，手指在略顯乾澀的通道抽插幾下。手指的數量隨著進出的頻次逐漸增加，儘管一開始有些艱澀，但隨著他耐心的擴張，內壁漸漸軟了下來，開始不自覺吸吮著深入的指節。急躁的親吻再次襲來，耳邊傳來了他咕噥。

「要進去了。」

似在提醒我的低啞嗓音，讓我不自覺睜開眼睛。可能是這種親切很不像他的風格吧。感受到他極力壓抑的忍耐，我輕輕挪開嘴唇，仔細端詳著他的表情。

迅急的喘息讓心臟幾近爆炸，真不曉得他為何還能如此從容。不過，我就是想看著他的臉，想親眼看見他壓抑著欲望的性感表情和被獸性逐漸浸染的瞳孔，想將那樣的他烙印在腦海中。那是只有我才能看見的樣子，是只對我展現的欲望。而與我對視的他，也會從我臉上見到同樣的表情吧。在那眼神交會的、極短的時間內，我們的動作和心臟彷彿一同靜止。然而不消片刻，在內壁攪弄的手指倏然找準某個位置，用力按了下去。那瞬間，一股電流般的酥麻倏地貫穿大腦。

「哼呃。」

我咬著嘴唇不住顫抖。埋進他肩窩的頭勉強撐住重心不穩的上半身，卻支撐不住微微抬起的屁股。下腹痙攣的同時，硬挺的性器也顫抖了一下。

濁白的液體噴灑在他的腹部。射精的快感包裹著大腦，導致我沒發現他已經把手指拔了出去。黏膩的水聲隱約傳來，伴隨著褲子拉鍊被拉開的聲音，我撐著他的肩膀睜開眼睛，昂然挺立的粗長性器立刻映入眼簾。光是看著他精神抖擻的肉棒，我的後穴便飢渴地蠕動。他拭去我沾染在他腰腹上的精液，抹在自己深紅色的性器上。

手指再次往穴口磨蹭。先前只要看到他勃起的性器，些微的恐懼和被貫穿的痛楚便會不自覺湧上，但此時此刻，那些情緒似乎全然不見蹤影。一想到他在我體內抽插的動作和被徹底填滿的感覺，我的喉嚨便一陣乾渴。只不過，我還沒來得及開始動作，他的手便率先勾住了我。

他扶著我的大腿，將跪坐在他腿上的我拉了過去，性器在股縫間來回摩擦，圓滑的龜頭輕輕蹭著洞口的皺褶。我內心不禁焦急起來，下腹也開始發癢。哈啊——隨著一聲輕喘，就聽他命令般開口。

「低頭。」

我的腦袋已經當機很久了。我將頭側向一旁，他的唇立刻貼了上來，抓在腰間的手將我的身體往下一拽。

噗滋——

粗大的性器僅是稍微插入，撕裂般的痛楚便讓我猝然屏住呼吸。

「哈啊，嗯……」

手指陷進他的肩膀，承受不住的喘息在口中翻攪。他安撫般親吻著我的側頸，再次抓住我顫抖的腰，硬是將它往下一拽。噗滋，整根插進來後，窒息感瞬間湧上，我咬緊牙關，低下頭，努力讓顫抖的身體恢復平靜。他的手在我的腰間緩慢游移，嘴唇咬住我的耳朵。

「要等你嗎？」

雖然不像我這麼誇張，他問我的時候也粗喘著氣。我迷迷糊糊地點點頭，努力接納著插進我體內的他。

啾，啾。舔吻頸側的黏膩水聲明明近在咫尺，卻好似從從遙遠的地方模糊傳來。我就這樣深呼吸了幾次，當緊繃的雙腿終於放鬆的剎那，他深埋在我體內的性器忍不住顫動了一下。

「還沒好？嗯？」

像在詢問孩子般，他一邊輕咬著我的下巴，一邊問道。他的性器又在我體內微微顫動，堂而皇之地告訴我他的耐性已瀕臨極限。那過於清晰的觸感，讓我一時說不出任何話來。他似乎把我的沉默當成默許，立刻展開行動。才剛感覺腰被稍微抬起，他的性器立刻「啪」一聲，從底部頂了上來。

「呃——！」

無法止住的呻吟傾瀉而出，不打算繼續等待的他強硬地抓著我的腰從下方挺進。啪，啪。粗大的性器彷彿要頂穿內臟，後穴被塞滿的異物感依舊令人不適，不管不顧狠戾進攻的他突然放緩動作，性器沿著顫抖的內壁緩慢地向內探索。霎時間，我夾在他腰間的大腿一陣劇烈顫抖，彷彿要將大腦融化的快感倏地自體內炸開。

「哈啊！」

這次，與痛苦截然相反的原因讓腰部不受控制地痙攣，他以緩慢的速度往上頂了頂，對我提出要求。

「自己動動看，不是很爽嗎？」

接著，肉體相貼的聲音再次響起，粗長的性器又一次狠狠頂上。劇烈的快感將大腦攪得一片空白，痙攣的後穴不自覺絞緊，討好似的吸吮著巨大的性器。

他像在讚美我似的，扶著我的腰輔助我動作。品嘗過歡愉的身體焦急地渴望更多，急不可耐地想讓那柄凶器再次埋入體內。混沌的大腦徹底淪為被欲望支配的傀儡，為了讓灼熱的性器再次頂開能帶來快樂的開關，繃緊的腰部迎合著他的動作，讓敏感的內裡被迫接受他的侵犯。

「哼呃！」

啪——！

「哈啊……」

啪——！

每當我的腰往下沉，他也從下往上頂時，我都會無法克制地發出呻吟。昂然的性器在敏感的嫩肉上恣意撻伐，後穴也跟著不住絞動。而只要我一夾緊，他也會發出興奮的喘息。

「咳呃。」

接著，他咬緊牙關開始衝刺。

啪，啪，啪……

「啊！啊啊！哈……啊！啊——！」

我跨坐在他身上，神智不清地隨著他的動作上下起伏。雖然他的手一直將我的腰往下拽，我卻還是異常焦急，希望他的性器更加深入。狂暴的摩擦讓內壁逐漸麻木，我用力夾緊後穴，渴求更強烈的侵犯。而只要我那麼做，他就會立刻有所反應，發出興奮的喘息。

「哼，幹，真爽。」

粗啞的嗓音在耳邊響起，他似乎對於現在的速度不甚滿意，只見他抓住我的腰，讓我側身躺下。啪啦一聲，頭剛接觸到柔軟的沙發，腰便立刻被抬了起來。他粗魯地掰開我的雙腿，再次用力頂進濕軟的後穴。

啪！啪！啪！

強勁的力道讓我的身體不住後退，我勉強抓住沙發扶手，指尖深深陷進柔軟的布料中。

「啊！啊……呃呃……」

透明液體自性器頂部泌出，瑟縮的內壁也隨之緊緊咬住他的性器，讓他大口喘著氣。

「呼……可惡，李宥翰……」

他好像又叫了幾次我的名字，但承受著粗暴侵犯的身體根本無暇顧及，被快感侵蝕的大腦也根本無法集中精神。疾風暴雨般的抽插以令人不敢置信的速度再次襲來，我甚至忘了自己身處何處，令人耳熱的呻吟無法自拔地從口中傾瀉。

「呃呃！慢點、哈啊，啊啊——！」

「呼……」

他將性器深深埋入我的體內，吐出一口熱氣，片刻過後，一股熱流便倏地在我體內蔓延開來。微妙的感覺包裹住暈乎乎的大腦，他吻了吻我的臉，溫熱的氣音在仍舊敏感的肌膚上帶起一陣癢意。而這次，我的心臟卻因另一個原因徹底停止跳動。

「我有沒有說過我有多喜歡你？」

十二點五十分。完全忘了自己身處何處，又做了一次之後，我才終於清醒過來，推開撲上來要進行第三回合的他。如果不推開，他一定又會在這裡做上一整夜，我趕緊藉口說全身痠痛，好不容易才能在這個時間啟程回家。

我在距離公司大樓不遠的地方等他開車過來，視線不自覺往上，目光停留在七樓的位置。該死，要不要現在進去把現場清理乾淨？剛才一心只想趕快把他帶走，只匆忙穿上衣服就離開了辦公室。

一搭上電梯，我才想起辦公室沙發上的一片狼藉。確切來說，是被我和他的精液弄得髒兮兮的。雖然被大致清理過了，但一定還有一些地方殘留著白色的汙漬，而且現場也留有可疑的衛生紙團。瞬間湧上的羞恥感讓我堅持要回去，他卻無法理解。

「我有付錢請人清潔。」

這小子根本沒有羞恥心可言，但我和他不一樣。打掃的人應該不會發現那是我留下的痕跡，但我還是覺得哪裡怪怪的。在我因為不太放心，一直盯著上面看的時候，某處傳來了「喀噠喀噠」好幾人的腳步聲。

我站在距離公司大樓不遠的人行道上，雜亂的腳步聲由遠及近朝我靠近。為了跟神經病一起回家，我和他一起下樓到地下停車場，電梯門一打開，卻聽見停車場傳來其他人的聲音。

好像是結束拍攝後還要忙到很晚、正要回到辦公室的經紀人們，幾人交談的聲音朝著電梯的方向靠近。我趁那小子走出電梯、還沒來得及開口之前，立刻按下關門按鈕前往一樓。隨後，我傳簡訊要他把車子開出來，而他則透過電話警告我。

『要是你敢再逃跑，我會在眾目睽睽之下狠狠侵犯你。』

接著，是他帶著冰冷笑意的聲音。

『我從不開玩笑。』

是啊，聽起來確實不像玩笑。我站在人行道上小聲咕噥，一邊轉頭看向聲音的來源。這片區域辦公大樓林立，入夜後安靜得像座鬼城，有人在這個時間、這個地點出現並不尋常，尤其是四個成群結隊、看起來像黑道的傢伙。而且他們也不像是碰巧路過，一看到我，他們便停下腳步，咧嘴一笑。

「你就是那個叫李泰民的傢伙？」

聽見經典的挑釁臺詞，我突然有點開心——不需要講求禮貌了啊。我抬起頭，反問站在最前面的傢伙。

「你國小沒畢業嗎？」

「什麼？」

黑道一號抬起毛毛蟲般的粗眉，而我親切地向他解釋。

「問別人的名字前，難道不該先自我介紹嗎？」

只見他傻眼地笑了笑。

「聽說你是個麻煩人物，沒想到一開始就這麼搞笑。我們看起來像會親切自我介紹的人嗎？真是個瘋子。」咒罵的同時，他用眼神示意其餘三人，「喂，他好像就是那個李泰民，修理他。」

黑道一號下令後，二號、三號和四號都聽話地挺身而出。看著打算包夾我、逐漸逼近的傢伙，我也準備舉起拳頭。沒想到，另一個聲音打斷了我們。

不知道什麼時候停好車、從黑色車子走下來的他用力關上車門，巨大的聲響在午夜的空氣中迴盪。神經病突如其來的登場，讓那些黑道徹底傻住了。話又說回來，如果看見自己必須仰望的高大身材，以及他結實的體格，任誰都會提防吧。

況且神經病現在只穿著一件沒扣好的白襯衫，也沒打領帶，看起來不太像剛加完班的上班族。最重要的是，此刻他正散發著一種更勝黑道的危險氣場。他轉頭看向真正的黑道，那冰冷無情的聲音也是其中一個令人畏懼的原因。

「不想被修理就滾開。」

我都有點佩服他了，那通常是互相報上姓名之後才會出現的臺詞吧？他居然連對方是誰都不問，反倒是黑道先替他開口。

「幹，你誰啊？」

神經病沒有理會他的問題，而是轉頭問我。

「你認識他們嗎？」

我搖頭說「不認識」，他再次好言相勸。

「我現在心情很好，願意多給你們一次機會，滾吧。」

「哈！如果不滾開，你就要修理我們？」

黑道一號笑著反問，神經病也揚起嘴角。那在我眼中的駭人笑容，卻因夜晚燈光微弱，讓黑道誤以為是親切的微笑，並未把他的話當一回事。

「對，我不開玩笑的。」

「那這就是你開的第一個玩笑了，王八蛋。」

黑道的目標換成了神經病。我苦惱了一下，不論怎麼看，這些傢伙都是衝著我來的，應該由我自己解決才對。而且我本就不打算接受別人的幫助，即便是神經病也一樣。不過，我確實一直想見識他打架的身手。一開始在公司天臺遇見他時，雖然曾短暫交手，但當時的我只顧著防禦，沒能好好觀察他的實力。最關鍵的是，在我見過的人當中，數一數二能打的現場經紀人恐懼的模樣，讓我更是好奇到了極點。若在平時，我大概會反過來嗆神經病一句，現在卻只是悄悄後退。然而，回頭看了我一眼的神經病，逼得我差點放棄這個念頭，不管不顧挺身而出。

「你太弱了，退到後面去。」

這輩子第一次聽到的荒謬言論，讓我忍不住反問。

「我哪裡弱了？」

然而，這個問題卻讓我落入自掘墳墓的境地。

「你才跟我做了兩次就說你全身痠痛。」

聽見神經病的回答，我啞口無言地愣在原地，本來燃燒著鬥志要撲上來的黑道也愣住了。唯一無動於衷的神經病，打著為我好的名義繼續鬼扯。

「因為你今天夾得很緊，我根本沒做太久，結果你還抱怨很累？」

「……閉嘴啦，王八蛋。」

狠狠罵了他一句之後，我往後退了一大步。看著滿臉錯愕的黑道，我暗自在內心祈求——拜託你們打贏這傢伙吧。不，希望你們至少要打中他一拳。幸好黑道一號回應了我的期待，情緒瞬間激動了起來。

「你們這兩個死變態！喂，動手！」

看現場經紀人打架時，我驚訝於他俐落的身姿。不虛張聲勢，只因應需要而做出最小幅度的動作，展現了他矯健的身手和豐富的實戰經驗。雖然他總是一直強調自己有關節炎。

而在某種層面上，神經病也和現場經紀人類似。儘管身形高大、拳腳大開大闔，卻沒有任何多餘動作，整個人從容不迫，臉不紅氣不喘的，即使以一敵四也絲毫不落下風。

要是沒有親眼見識，我大概不會相信，他居然輕輕鬆鬆打倒了那些黑道。他們被神經病抓住的每個地方都發出喀喀聲響，緊接著是一陣哀號。彷彿已完美掌握人體要害，他一出手，對方的身體就會像脆弱的紙張一樣凹折。

啪！

膝蓋附近被踹了一腳的黑道一號根本來不及哀號，就臉色慘白地倒在地上。在踉蹌苦撐的最後一個人也倒下後，不怎麼寬敞的人行道上被四個苟延殘喘的壯漢占滿。

他打倒四個人只花了不到一分鐘的時間。更讓人震驚的，是神經病這傢伙從頭到尾只用了一隻手。地上四濺的血跡宣告了這場衝突的結果，儘管昏暗的天色讓地面看起來烏黑一片，但等天亮之後，人們肯定會被這鬥毆的痕跡震驚。

真是個怪物般的傢伙。明明懷著輕鬆的心情看戲，現在我卻莫名有些背脊發涼。好不容易吐出因緊張而屏住的呼吸，就見神經病朝著其中一個倒地的傢伙走近，穿著皮鞋的腳精準地往他臉上一踩。

啪！

「咳呃！」

被踩住的傢伙發出痛苦呻吟，抽泣著說了些話，但我聽不太清楚。除了額頭之外，他整張臉面目全非，鼻子和嘴巴布滿怵目驚心的血跡。可能是嘴裡也在流血，他才發不出聲音吧。神經病退後一步低頭欣賞，而後不滿地咕噥。

「搞什麼？還有一顆門牙啊。」

接著，他再次不以為意地像踢球般用力一踹，頭瞬間往後凹折的黑道連呻吟都做不到，直接原地昏了過去。神經病看著他們傷痕累累的臉，撇嘴一笑。

「現在被修理了吧。」

像殺死小蟲子一樣沒有任何感情的聲音，令我再次起了一陣雞皮疙瘩。躺在地上的其他三人可能也有同感，勉強抬起頭的他們臉色一片蒼白。所有人都不敢吭聲，卻見神經病轉身走到下一個人面前，倒臥在地的傢伙畏懼地將身體往後縮了縮。

「放、放、放過……」

話還沒說完，他就被神經病一腳踢了過去。

啪！

這次好像一下就搞定了。神經病退後時，我看見的是頭徹底歪向一旁、布滿鮮血的臉。我並不是第一次看人被打成那樣，愣住的身體卻無法動彈。大概是因為神經病的表情吧。

面帶微笑俯視著對方的他，像踩扁罐頭似的，眼神並無任何一絲波動。他根本沒有把倒地的黑道們當人看，真的。意識到這點後，一股莫名的恐懼倏然降臨。這種出於本能的畏懼，讓我在他把另一個人踹到血流如注時，勉強開口。

「別踢了……」

我微弱的聲音好像只有自己能聽見。神經病走向最後的黑道一號，他臉色慘白地倒臥在地不斷顫抖，只能惶恐地仰望著神經病。我急忙跑過去，抓住那小子的手臂。

「住手。」

然而，這狂妄的勇氣在他瞥向我的目光中瞬間消失殆盡。他反過來抓住我的手，冷冰冰地說道。

「退後。」

「……」

我沉默片刻，他撥開我的手走向前，見狀，臨時想到的藉口下意識地脫口而出。

「總要留下一個傢伙，才知道是誰派他們來的吧？」

我自認這是個無可挑剔的理由，可他唇邊的笑意好似殘忍地否決了我的答案。

啪！

最後一個人的臉也被踢成一塊破布，神經病彎腰從黑道一號身上掏出某樣東西，用那傢伙的手指解鎖——是他的手機。查看通話紀錄後，神經病撥了通電話。應該是黑道一號最後的通話對象吧。

對方好像立刻接起，夜空中迴盪著隱微的說話聲。即便聽不清內容，也可以感受到對方語氣裡的激動，如果說是接電話時的問候又不太像。當我一邊思考、一邊猜測時，神經病輕鬆地開口。

「原來就是你派這些垃圾來堵李泰民的……我？你不用知道。」

語畢，神經病順手掛斷電話。接著他又低頭看了手機一眼，像要記住上頭顯示的號碼般，才把手機隨意地扔在地上。手機螢幕在撞擊地面的瞬間四分五裂，神經病卻握住我的手腕，溫柔地將我拉了過去。他拉著我走到車子旁邊，一如往常地問我。

「肚子餓不餓？」

我堪堪忍住回頭的衝動，勉為其難地搖了搖頭。有別於方才的殘忍暴力，那雙注視著我的眼睛太過溫暖，在我內心撞起一陣小小的、惶惑的漣漪。我緩緩張開嘴，下意識說道——

「回家吧。」

我跟著滿臉笑意的他上了車，還是忍不住瞄了那些倒地的傢伙一眼。看見某人的手臂抽動了一下，才在行駛的車上鬆了口氣。我突然開始感激神經病的母親了。好吧，至少他不會殺人。我努力壓抑著難以言明的懼意，旁邊溫柔的嗓音又再次詢問。

「肚子餓不餓？」

幹嘛一直問？我感到有些奇怪，回頭看向他，他卻逮到機會般再次詢問。

「餓了就說。」

他的語氣稀鬆平常，我卻微妙地感覺他有些激動，彷彿希望我說出「餓了」一樣。我真的很想知道他為何如此，於是稍微附和。

「好像有點餓。」

那只是出於好奇而給出的回答，他的嘴角卻立刻彎起，露出與方才殘忍踐踏黑道時截然不同的天真笑容。這反差的模樣令人有些毛骨悚然，卻又讓人無法將目光從他身上移開。只聽他用一種想被誇獎的興奮語氣繼續說道。

「我買了核桃餅回來，吃吧。」

我的日常又恢復原樣。練習著接下來要拍的電視劇，還為了劇中角色的打戲，每天到特技補習班學習各種動作。不知道是不是有太多事要忙，感覺每一天都十分短暫。不過，即使認真練習了，我依舊覺得不太真實。

大概要到實際開拍，我才會有自己演出了電視劇的真實感吧。因為電視劇徹底占據了我的生活，聽到電影的消息時，我甚至有種那是幾年前的事的錯覺。

關於電影的消息一共有兩個，一個是確定了上映日期，要舉行試映會；另一個則是在電影節獲獎。雖然不是大獎而是新人獎，卻還是登上電影雜誌的專欄。

當然，這些並不是我主動打聽，是經紀人和漢洙一一蒐集後告訴我的。我對兩人拿給我看的電影相關報導並沒有什麼特別的感覺，反倒對他們如此開心感到很是神奇。試映會當天，兩人甚至還吃了清心丸。

「經、經紀人。」

漢洙帶著哭腔呼喚著從剛才就在恍神的經紀人。聞言，經紀人終於抬起頭，而漢洙輕聲詢問。

「我看起來像白痴嗎？像嗎？」

「當、當然了！以前你只要站在鏡頭前面，就是無人能及的大白痴！」

眼前是兩個無人能及的白痴在進行無用的白痴對話。經過經紀人一番加油打氣，漢洙終於安心地露出笑容。試映會來了特別多電視演員，應該是得知作品在電影節獲獎，鄭製作人又準備要拍攝知名電視劇的消息吧。

經紀人和漢洙皺著眉頭，說那些人先前都瞧不起鄭製作人，現在看到他重新崛起，才又衝上來想和他攀關係。似乎是許多知名演員到場的緣故，放映廳入口擠滿了記者，經紀人和漢洙沒辦法擠到更裡面。

我先前已經看過電影了，覺得擠不進去也無所謂，反倒更想直接回家。但兩人緊貼在我兩側不肯離開，讓我陷入要不要真的動手揍他們的苦惱之中。問題是，不只經紀人和漢洙緊貼在我身側，還有另外兩個人也緊張地躲在我身後。

「喔，好、好像有看到幾個藝人耶。」

愛麗絲的社長緊張地說完，一個莫名僵硬的聲音接著回應。

「藝人非常多啊，社長。」

先前在任何情況下都處變不驚的店經理，讓我有些驚訝地回過頭。只見緊貼在我身後的兩人正伸長脖子，隔著我的肩膀四處張望。這一次，兩人都戴上了墨鏡。我開始後悔因為不知道多出來的公關票要給誰，就拿給他們兩個了。

「準備進去吧。」

聽見我出聲催促，社長驚訝地顫抖了一下，又開始假咳。

「咳咳，好、好啊。」

這麼說的同時，他往後退了一步。我無奈地轉頭看向店經理，用眼神示意他——你至少先動吧。但反常僵硬的店經理卻看著我，自顧自喊了聲「啊，對了」，並開口說道。

「謝謝您連我也一併邀請。」

「不用謝了，進去吧。」

「……好的。」

說完後，他便退到社長身邊。我好不容易才忍住嘆氣的衝動。前方的眾多記者對著每個進場的人都狂按快門，加上裡面眾星雲集，到底有什麼好怕的？無奈之下，我決定用蠻力拖動身旁的兩人向前走，但兩人卻僵持在原地。

「泰民，你要直接走過去嗎？」

難不成要翻跟斗過去嗎？我冷漠地回過頭，就聽漢洙小聲咕噥。

「說不定會被拍到耶……至少要打扮一下吧。」

漢洙說完，有人便倒抽了一口氣——是社長和店經理。社長彷彿獲得啟示般，摘下墨鏡大喊。

「哎呀，我就覺得少了點什麼，我忘記先去按摩美容啦！」

後來，在四人廢話連篇的期間，記者們已經不見蹤影。多虧如此，我才能帶著失望的四人組走進去。因為是最後進場的，只剩下最後一排的四個空位。於是我強迫他們坐下，自己靠牆站在後面。就這樣，當放映廳逐漸轉暗，大銀幕開始播放電影的時候，旁邊忽然有人牽住了我的手。怎麼回事？我倏然一驚，轉頭看了過去，發現不知何時抵達的神經病正站在我身邊。

「你什麼時……」

「噓。」

他豎起一根手指，隨後又指了指銀幕。被示意不要發出聲音後，我閉上嘴巴，而他湊到我耳邊悄聲說道。

「我來監視你。」

監視我幹嘛？還沒得到回答，電影就開始放映了。儘管已經看過一次，我依然沉浸於劇情中，忘了他說的話，直到電影後半段才又想了起來。當大銀幕中的我輕拍西裝、從大樓縱身一躍，垂在身側的手忽然被緊緊握住。那不容反抗的力道，彷彿要阻止我的墜落。

大概就如同他知道的，要是沒有這樣抓住我，我說不定真的會毫無顧忌地一躍而下。我沒有甩開他，但空餘的那隻手，卻莫名想伸向前方，伸向那個已然消失在銀幕中的身影。

播到電影最後一幕的葬禮場景時，牽著我的手消失了。他可能是和其他電影相關人士一起來的，悄聲無息地便從黑暗中隱匿。我望著他離開的方向，錯過了一小片段，當我回過頭時，銀幕上已經出現女演員的身影。即使是第二次看到，我仍能清晰感受到她的悲傷。那張扭曲著哭泣的臉，讓我再次意識到這個角色為何非她不可。她說完最後一句臺詞，某處倏地傳來哭聲。

「嗚嗚！」

「嗚呃！」

其中一個是在我預料之中的社長，另一個人則坐在不遠處。輕微的啜泣聽起來像男人的聲音，我一邊想著「誰啊」，一邊轉過頭。這時電影剛好播完，放映廳的燈光亮起，讓我順利看到了當事人。只見朴室長咬著嘴唇，肩膀間歇顫抖。對耶，還有他在嘛。我認出他的時候，社長的抱怨也從一旁傳了過來。

「嗚……不是嘛，為什麼……嗚嗚，為什麼電影院有這麼多灰塵！」

電影上映後，我又接受了幾次採訪。雖然不是什麼知名媒體，只是一些網站或不知名的電影雜誌，對我來說卻是一次奇特的經歷。採訪的過程中，他們全都表示劇中自殺的片段非常真實，一定會重點提到這部分，讓我覺得十分不可思議。

我反而很想問他們，明明沒有任何一句臺詞，就只是往下跳而已，你們怎麼能知道那一刻其實隱藏著我的真心？被人窺見深藏的內心，一方面令我感到驚訝，另一方面也有些苦澀。可能是我不希望那場戲獲得認可吧。

除了訪談外，我就沒有再為電影忙碌了，我的心力全都投注在準備電視劇以及經紀人接的幾個簡單拍攝工作而已。隨著練習時間逐日增加，自己身為職業演員的事實也日漸明晰。

或許是剛開始這份工作沒多久，幾乎沒人認得我，我對於自己和電視上那些名人從事相同的職業並無任何真實感。因此，當經紀人說我有專屬的粉絲後援會[2]時，我只是略微好奇「那是什麼」而已。我是真的不知道那是什麼，聽完經紀人的解釋也確實覺得沒什麼值得驚訝的地方。

「哪裡沒什麼了！」

「有什麼好嗎！」

當然，經紀人和漢洙高舉雙手反駁了我的意見。經紀人將筆電螢幕轉向我，認真強調。

「你看，這就是寫著你名字的官方粉絲後援會。雖然是公司的安排，但也要累積一定知名度、有許多粉絲向公司許願，才會獲得批准。真的很了不起！公司大概也是評估你的人氣會持續攀升，才會預先安排好。呵呵，當然，附上證據向公司證明你有多受歡迎的人，主要應該是我啦。」

什麼證據？我一問完，彷彿受不了我的漢洙立刻回答道。

「你沒有在網路上搜尋過自己的名字嗎？你在演員關鍵字排名第三百六十九

2　粉絲後援會（Fan Club），一種由藝人、流行樂團、運動選手、隊伍或企業等對象的粉絲構成的團體。大致分為官方設置的粉絲後援會（Official Fan Club），和粉絲自行運營的粉絲應援團。

名耶！」

「……」

「你登上演員排行榜了！」

「……第三百六十九名？」

他點點頭。我真的很想朝著他用力搖晃的腦袋狠狠揍下去。我嚴重懷疑，這難道是一種高級嘲諷嗎？傻眼，排名第三百六十九名到底有什麼好炫耀的？我真想去揍幫我搞出粉絲後援會的公司一拳。見我沉默不語，誤以為我在感動的經紀人，濕著眼眶望向我。

「也對，你一定很開心吧。而且首頁已經有四個會員了！哈哈，還有新貼文呢。漢洙，我們也趕快加入，幫他衝高會員人數。」

說完，兩人便興奮地加入了我的粉絲後援會。畢竟他們的愚蠢行徑不只一兩次了，我只勉強得出是公司欠修理的結論。正當我心想「一定要去辦公室問清楚這件事是誰負責的，然後念他幾句」，並準備站起身時，原本雀躍的兩人卻露出奇怪的表情。

「咦？不是吧，這是怎麼了？」

經紀人慌張的聲音，讓我起身到一半的身體又坐了回去。我對他們的反應十分好奇，探頭一看，發現兩人正神情嚴肅地看著討論區的貼文。討論區的標題是會員升級用的「新會員報到區」。明明說會員只有四個，可是新會員發的報到貼文卻有滿滿一整頁，標題大部分都是「我是看完電影找到這裡的」。但除了貼文無人留言的四人以外，其他人的名字旁邊都顯示已退出會員的圖示。漢洙點擊其中一個會員後，在那名會員的報到貼文底下看見了管理員的留言。

【因違反版規而強制踢出。】

「版規是什麼？」

將我內心疑問直接說出來的漢洙趕緊點開版規。網站上公布的板規只有一條。

【嚴禁錯字、火星文、拼寫及文法錯誤。】

現場倏然陷入一陣短暫的沉默。儘管記憶已經有些模糊，但過往對於拼寫的不愉快回憶卻隱約浮現。這時，憤怒的經紀人從漢洙手中搶過筆電，改用自己的帳號登入。

「靠！管理員到底是誰？」

可能是網站由公司管理，經紀人的帳號不用另外註冊，默認設置為準會員。經紀人一登入，就按下傳送私訊給管理員的按鈕，沒想到卻跳出警告視窗。

【請先成為正式會員，才能傳送私訊給管理員。】

「什麼！」

經紀人氣得直發抖，一旁的漢洙趕緊提出解決方法。

「經紀人，你趕快升級吧！靠，管理員到底是誰？」

「升級？喔，好，等我一升級，就馬上私訊教育他。」

重燃鬥志的經紀人趕緊點按升級按鈕，螢幕隨之出現升級前必須回答的問題。

【請試著證明「除了二以外的所有偶數，都是兩個質數之和」。】

現場又再次陷入沉默。我瞇眼看著螢幕上的問題，卻連它在問什麼都無法理解。偶數和質數怎樣？兩人似乎也和我一樣，率先回過神來的漢洙將筆電轉回自己面前，急忙開始搜尋。

「靠，把我們國家的網友當成什麼了？只要上網問問，一定能找到答案！我一定要找出來！啊，查到了。」

漢洙喜出望外，經紀人也重振精神，趕緊加入憤怒的行列。

「是喔？什麼嘛，趕快複製起來。」

「好，等我一下喔，嗯，這題好像叫『哥德巴赫猜想』。」接著，漢洙點開說明，開始朗讀，「哥德巴赫猜想是一七〇〇年代的普魯士數學家哥德巴赫提出的假設，是截至目前為止無人成功證明的……知名數學難題……之一。」

「……」

「……」

這次的沉默持續了相當長一段時間，失去鬥志的我們後來直接去吃飯了，並且第一次在白天點了燒酒。

最後，得到公司表示他們也不知道我的粉絲後援會管理員是誰的荒謬答案後，這個問題和哥德什麼鬼的題目一起成了永遠解不開的謎團。經紀人和漢洙憤怒又委屈地抱怨，說就算本來有粉絲也會被搞到沒有，但對於累積人氣興致缺缺的我，反而因為少了一件麻煩事而感到慶幸。我其實不太希望有人把銀幕裡的角色當成我本人，進而喜歡上我。

幸好由於電視劇提前拍攝，為了密集準備，時間過得飛快。在電視劇正式開拍前，公司率先迎來了創立紀念酒會。當然，我有提前向神經病坦承，我自作主張邀請了愛麗絲社長一家，而他果然不怎麼在意，反而還積極地鼓勵我。

「你想邀請誰就邀請誰啊。不，把你認識的人全都請來吧，尤其是那些特別喜歡追在你屁股後面的人。」

我問他為什麼，他說只是想要看戲。最好有人會追在我屁股後面啦，真搞不懂他怎麼會說出那種話，可他的語氣意外認真，讓我一時有些迷茫。為了前往酒會，我反覆調整著不常打的領帶，而他站在窗邊，雙手交叉在胸前問我。

「你有邀請人來嗎？」

我凝視著鏡中的他，回答「沒有」，又繼續專心調整領帶。我調整完畢，鬆手打量時，又聽見他問。

「為什麼？」

「還能是為什麼？因為沒有人可以邀請。」

「是嗎？沒有熟人嗎？」

「沒有。」

「裝熟的人呢？」

最好會有那種……我正準備開口反駁，卻猛然想起了幾個人。金智宏果真一拿到角色就約我喝酒，雖然我們最後只是吃了一頓飯代替。我感覺帶著經紀人和漢洙一同出席的話，他們會很開心，便介紹他們認識，而三人果然像多年老友一樣打成一片。

除此之外，唯一讓我感覺在裝熟的，只有一個特技組組長。因為對我有好感，他在指導期間一直誇我表現很棒，問我想不想學習特技。雖然他的手太常搭在我的肩膀上，讓我有些不自在就是了。見我沒有立刻回答，神經病不愧與愛麗絲社長血脈相通，敏銳地察覺到了。

「告訴我，你剛才想到誰了？」

「……」

「怎麼不說？太多人了？」

「你問這個幹嘛？」

我轉身斜眼看他，而他嘴角露出笑容。

「只是好奇你的人際關係。你不會對我感到好奇嗎？」

「還好。」隨後，我繼續咕噥：「只要看到你在我面前就好。」

回答完，我才發現自己說錯話了。他離開原本倚靠的門邊，朝我走了過來。雖然臉上笑著，眼底卻蔓延著一股熟悉的熱意。可惡，這小子該不會……可惜後悔也來不及了，他正抬手解開本來已經穿戴整齊的襯衫鈕釦。

拜這個隨時隨地都能發情的傢伙所賜，我沒能準時前往酒會。但我本來就不太想去，所以晚點到也無所謂，可是遲到的話，有些人肯定會對我碎念。果不其然，經紀人和漢洙一看到我，就小跑步衝了過來。我本來還在想，要是他們真的穿著猶豫到最後一刻都不肯放手的金箔西裝外套或韓服，那我就要直接裝作不認識他們。幸好兩人的打扮都很正常，雖然精神狀態不太正常就是了。

「泰民，你怎麼現在才來！裡面有很多人要打招呼呢！」

「對啊，怎麼現在才來！裡面有知名巨星和電視臺老闆，還有，哇，真的都是有頭有臉的人！」

興奮到極點的兩人漲紅了臉，我當下卻只關注一件事。

「裡面有飯吃嗎？」

兩人收起笑容盯著我。

「……你最在意的是有沒有飯吃？」

經紀人無言片刻才開口詢問，我理所當然地點了點頭。因為跟神經病做完就急急忙忙出來了，我肚子好餓。而且比起麵包或麵粉類食物，我要吃到米飯才會覺得有吃到東西。我拋下愣住的兩人，走向擺滿食物的長桌。

通常這種地方都有炒飯吧。我拿著餐盤和叉子，認真地邊走邊掃視食物，這時，有人擋住了我的去路。我的眼睛仍緊盯著食物，為了躲開前面的人，我稍稍側身讓開，但不知道是不是故意的，我又一次被擋住了。

這次是另一個人。我這才抬起目光，看見了站在我面前的三人。如果把站在不遠處瞪著我的人也算進來，是四個人嗎？發現來者是飲料三人組和富三代之後，我瞥了他們一眼，但他們不像要找碴的樣子，反倒露出著急的表情。

「李泰民，跟我們談一談。」

連同假裝不是同伙還默默跟來的富三代，一共四個人把我逼到走道的轉角。因為餓到不行，我反而希望他們直接找碴，那樣我就可以迅速撂倒他們去吃東西了。但包圍我的傢伙，卻用恐嚇的語氣開口拜託。

「幹，你到底想怎樣？你要我們做什麼都可以，拜託叫他住手。」

我不解地皺眉反問。

「什麼住手？」

「你真的不知道？他一直衝著正赫來。」

「誰？」

這次，開口的飲料用力皺起眉頭。

「還會是誰？你的金主啊。」

「……」

「你在裝傻嗎？你的金主把正赫……」

正赫好像就是那個富三代，飲料話說到一半，曾回頭看了他一眼，而此時他也親自走向前，打斷飲料說話。

「幹，臭小子，告訴我你到底想怎樣，我不知道你的金主是哪個臭老頭，但他好像滿有本事的，居然向我爸施壓。」他好像氣得不輕，說完仍咬緊牙關瞪著我。「這次就先放你們一馬，但只要被我知道是誰，下次我絕對不會放過你跟那個舔你屁眼的老頭。」

聽到他粗俗的言論，三人勸阻般把他拉到後方。我聽見他們竊竊私語說著「刺激他沒好處」，看來他現在的處境真的相當艱難。話說回來，他說我的金主對那小子施壓，說的應該是神經病吧。神經病怎麼知道是他們？我對著擋住我去路的飲料詢問。

「你們怎麼知道對那傢伙施壓的人就是我的金主？」

他又露出「你真的不知道」的狐疑表情，我只好繼續開口。

「我第一次聽說這件事。」

說完後，四人同時看向我，全都一副不信的樣子。飲料猶豫了一下，還是開口反問。

「真的嗎？」

「對。」

「……」

「我在問你們，你們怎麼知道那是我的金主？」

我大聲詢問後，面面相覷的四人當中，富三代率先給出了摻雜著臭罵的回覆。

「王八蛋，你問這個，是想逼我親口說出丟臉的事吧？他不只把我派去的人痛扁一頓，還叫黑道打電話威脅我，你會不知道？你真的不知道嗎？王八蛋！」

他的咆哮在安靜的走廊上迴盪。雖然旁人再次勸阻，終於明白緣由的我卻忍不住露出笑容。

「喔，原來就是你啊？派四個黑道到公司前面堵我、想修理我的人。」

不知道是不是發現了我語氣中的無言，飲料皺眉詢問。

「你真的不知道？不是你幹掉正赫派去的那四個人的嗎？」

「不是。」

他們好像對我的回答感到意外，又再次同時望向我。

「既然不是你，會是誰？」

我反而覺得他的反問很奇怪，直接去問倒地的那四個傢伙不就好了？隨後，我霍然想起四人血跡斑斑的臉。

「是這樣啊？原來那些黑道被揍得面目全非，到現在還不能講話。」

我恍然大悟後，其中一人立刻氣急敗壞地開口。

「面目全非？你在現場吧？所以才知道他們的臉受傷。」

「對，但不是我動手的。」

「不然是……」

驚訝的他沒能把話說完。

「請問有什麼問題嗎？」

在走廊盡頭，傳來了某人果斷的聲音。緊接著是一陣喀噠喀噠的腳步聲。轉頭一看，戴著耳機、一身保鏢打扮的男人正朝這裡走來。不過，和宴會廳裡那些年輕保鏢不同，他不僅已過中年，髮絲也有些花白。他望著包圍我的四人，再次詢問。

「請問有什麼問題嗎？」

「沒什麼，你就當作沒看到，趕緊走吧。」

有人發完脾氣，他卻只是平靜地繼續說道。

「酒會已經開始了，社長正在致詞，他會一一向賓客介紹旗下藝人，各位是不是該過去了？」

被他這麼一說，三人嚇得急忙轉身，帶著僵持在原地不願離去的富三代離開。四人嘈雜的腳步遠去之後，我轉頭緊盯著幫助我的人——此人正是前現場經紀人。

「你在做什麼？」

聽到我的疑問，他恢復平時的樣子，口中念念有詞。

「我被要求擔任公司警衛……我以膝蓋不好為由拒絕，他卻說要跟我一起去醫院檢查……」

那就是重新找到工作囉？雖說脫離了無業遊民的身分，他卻神色黯淡。為了安慰他，我努力想出了一個好處。

「夫人一定很開心吧。」

然而，這反倒造成了反效果，他面無表情的臉上很快便被悲傷覆蓋。

「嗯，她很開心，還說薪水很高，要我這份工作做久一點……再這樣下去，要是我的膝蓋痊癒了該怎麼辦……」

我同理著前現場經紀人的悲傷，心想這次一定要成功吃到東西，便轉身走向餐桌。我拿著餐盤和叉子，掃視剛才看到一半的食物，但沒走幾步便再次停了下來。又有人擋住了我，而且還坐下來抱住了我的腿。飢餓頓時轉為煩躁，我低頭看著蹲坐在地上的人。擋住我的同時，不斷左顧右盼的李攝影師，急忙低聲問道。

「泰民先生，可不可以跟我談一談？」

我就這麼勉為其難跟著李攝影師第二次離開宴會廳，這時，有人從身後叫住了我。

「喔？泰民先生。」

又是誰啊？轉身一看，綁架事件後首次碰面的面善男，正瞪大眼睛走了過來。我聽說他比我早出院，正在外地飾演週末古裝劇的配角。他朝我走來，向李攝影師點頭致意後，急忙問我。

「你要去哪裡？是不是聽到凱文要來，所以急忙離開？」

凱文？那小子不是被爹地抓回美國了嗎？

「他不是回美國了嗎？」

「原來你沒聽說啊。他又離家出走了，剛到韓國沒幾天。他聽說你今天可能出現，就說要想盡辦法來見你。他還沒來嗎？」

這時，李攝影師犀利地插嘴道。

「凱文是誰？」

「之前被泰民先生拯救、想成為演員的人，嗯。」

面善男為難地含糊其辭，但此刻已然無需再多作解釋，因為遠處剛走出電梯的少年，一看見我就大喊了一聲。

「嚇！泰民先生！買漏芙泰民先生！」

畢竟是第二次，我終於聽懂凱文高喊的「漏芙」了。即使是第一次聽到，李攝影師好像也立刻聽懂了，他看著衝過來的凱文，抬起顫抖的手指。

「他、他是誰？」

他一邊詢問，一邊緊勾著我的手臂，我只能無奈回答。

「凱文。」

「所以那個凱文還什麼的傢伙，為什麼說我的愛人泰民先生是他的愛人？」

他大聲抗議後，剛好跑到附近的凱文猛然轉頭瞪向李攝影師。

「嗯？這個中年人是誰？為什麼勾著買漏芙泰民先生的手，還亂說那是他的愛人？」

誰准你們以我的愛人自稱了……然而，我根本沒有插嘴的餘地。李攝影師火冒三丈地放開我的手臂，轉身面向凱文。

「什麼中年人？你這個醜八怪小鬼頭，說誰是中年人？」

「醜八怪？阿格里？你說我阿格里？我爸說過上了年紀就是中年人，你一個中年男子為什麼要說我阿格里？」

「醜八怪小鬼頭，你要一直中年人、中年人的叫嗎？」

就這樣，沒禮貌的年輕人與三十幾歲就步入中年的人開始吵架。面善男試圖勸架，我卻毫無留戀地轉身背對他們往回走。我已經餓到胃都有點痛了，要吃一口飯怎麼就這麼困難啊？我認為連續失敗兩次是位置不好的關係，於是走到另一側拿起盤子。不過，不曉得是不是餐桌的風水本來就不好，當我放棄米飯，打算隨便夾一些食物時，又有人叫住了我。

「泰民先生。」

我好不容易忍住扭曲的表情。呼喚我的，是我欠了人情的鄭製作人，我對走來的他點頭致意。剛進場的時候有看到他，但見他夾雜在人群中、一副很忙碌的樣子，我就沒有特地過去打招呼。他現在好像還是很忙，只是短暫過來一下。他剛朝我走來，身後又有人呼喚他，他說了句「等一下」請對方稍等後，對我露出笑容。

「來了好多人，我都忙昏頭了。」

我環顧擠滿人的宴會廳，回答道。

「但悠閒的人還是很悠閒。」

「我本來也屬於悠閒的那一邊。」

聽見他苦澀的語氣，我抬起目光，發現他和我一樣，正在環視周遭。

「我正在努力不忘記搞砸電影後，沒人來找我說話的那個時期，這樣我才能分辨出人情之中的真實虛假。」

「那就算再次搞砸，你也很快就可以重新站起來，畢竟你把真實的部分都留在身邊了。」

我說完，他笑著點頭說了句「對吧」。這時，有人再次呼喚他，而他好像真的有話要對我說，急忙切入正題。

「泰民先生，我很好奇一件事。」

我拋給他一個「什麼事」的眼神，而他遲疑了一下。

「我不知道能不能問你這種事，但聽說你有金主？所以幫你安排了特等病房，也保住你沒被公司開除。」

「對，怎麼了嗎？」

「嗯，我只是好奇，為什麼他在電視劇試鏡時沒有動用任何權力，我反而還被人施壓。」

「……施壓什麼？」

我壓低聲音，他卻顧著歪頭思考，沒發現我的異常。

「就是，假如你實力不足卻成功拿到角色的話，會連同我一起開除。這句話是尹理事親口說的，我真的被嚇壞了。所以你試鏡的時候，我其實比你還要緊張。」

神經病這個臭小子，原來真的希望我落選啊。怒火再次湧上，鄭製作人則因有人第三次呼喚他，轉身對我說了句「下次再聊」，便匆匆離開了。我突然沒了胃口，於是我放下空盤，打算轉身去拿飲料。這時，站在宴會廳角落的三人映入了我的眼簾。那是僵硬到人們會誤以為是石膏雕像的、愛麗絲社長一家。

我居然把他們忘得一乾二淨了。這才想到，在場他認識的人只有我、經紀人和漢洙而已。沒有主動照顧他們的愧疚，迫使我趕緊朝他們走去。戴著墨鏡的社長也就算了，看起來是個美人的社長夫人，和同一個模子刻出來的小學生兒子也明顯一臉緊張。

「抱歉，我來晚了。」

鞠躬致意後，原本注視著前方的社長嚇得轉頭看向我。

「喔，是、是泰民啊。」

接著，他就這樣靜靜凝視著我。見狀，我用眼神示意身旁的兩人。

「可以跟我介紹一下嗎？」

「嗯？誰？啊！」

社長好像真的非常緊張，聽到我的話才露出想起家人在身旁的神情。隨後，他清了清喉嚨，讓妻兒往前一站。

「打聲招呼吧，他就是跟我們傑伊關係匪淺的……」

「我只是跟他住在一起的李宥翰。」

我趕緊打斷社長的話，主動向夫人鞠躬，而她也微笑著向我點頭。

「喔，原來是百元先生啊。」

一旁的兒子也點點頭。

「原來這個哥哥就是百元叔叔。」

對這家人來說，我就只是百元，不多也不少。不該和他們打招呼的。就在我感到有些懊悔時，社長露出欣慰的笑容，指著我說道。

「對，他就是百元，但他的藝名叫李宥翰……咦？」他猛然轉頭，眉頭一皺，「你的藝名不是李泰民嗎？最近換了？」

「是李泰民沒錯。」

「那李宥翰是？」

「我的本名。」

「……你說什麼！」

他的驚呼大到周遭的人都紛紛轉頭，而他只顧著急匆匆地反問。

「那兩百元是誰的名字？」

「只是綽號而已。」

「——！」

他禁不起現實的衝擊，忍不住踉蹌了一下。當然，我無視他，領著夫人和兒子前往餐點區。

「請過去用餐吧。」

換了一個地方後，經紀人跟漢洙合力減少了社長一家的尷尬。經紀人開心地迎接和自己很聊得來的社長，而漢洙則與精神年齡相仿的社長兒子一起去看其他藝人。就在我心想終於可以吃點東西、剛拿起盤子時——

「今天很謝謝你。」

小聲傳來的道謝讓我抬頭一看，發現夫人站在我身邊，正在盛裝食物到自己盤子裡。接著，她也夾了幾塊壽司放到我的盤子上。

「你都不知道他因為今天可以來這裡有多興奮。聽說百元，不，宥翰先生告訴他，是傑伊邀請他的。雖然我感覺傑伊不會說那種話就是了。」

我沒能向微笑著的她說聲「對」，只是低頭凝視著她夾給我的壽司。可能是怕我內心過意不去，她趕緊繼續說道。

「沒關係，我完全能理解傑伊為什麼會和他保持距離。」

居然能理解這種事？不應該先罵那傢伙沒禮貌嗎？當我心想「夫人真是個好人」時，就聽她嘆了口氣。

「唉，我叫他接機的時候舉個手幅就好，不要找樂團來，結果他還是找了一個樂隊。」

啪。我正要夾起的壽司又直直落下。樂團？樂隊？她對著因為一個根本不好笑的笑話，和經紀人一起捧腹大笑的社長，投以無奈的眼神。

「我叫他不要那麼浮誇，他卻堅持在機場前舉辦宴會，迎接歸國的姪子。唉，如果我是傑伊，也會想擺脫他。」她搖搖頭，又抬頭看我，繼續說道：「他就是太重感情了。」

「是啊，我知道。」

回答完，我說要先去一個地方，跟她說了聲抱歉便先行離開。在無人的宴會廳外圍繞了一圈，找到想找的人之後，我才終於停下腳步。從口袋掏出手機撥出電話沒多久，遠遠就看見人群中的神經病接起電話，他的聲音從話筒另一端傳了過來。

『嗯。』

「你看起來很忙。」

他緩緩環顧四周，發現了靠在牆邊的我。

『有一點。』

「有辦法抽出一點點時間嗎？你叔叔一家人來了，去跟他們打聲招呼吧。」

我感覺在遠處看著我的他，稍微瞇起了眼睛，但剛好有人從中間走過，所以我沒能看清他的臉。

『他們在哪裡？我本來就打算過去打聲招呼。』

告訴他位置後，我離開了倚靠的牆壁，正準備掛斷電話時，又聽見了他命令。

『你也待在那裡。』

我看著被掛斷的電話，罵了一句「這個臭神經病」，又靠回原位。不過，他可能真的很忙，通話結束後又過了二十分鐘才出現。他帶著某個人現身，背對著他的愛麗絲社長並沒發現，是仍在閒話家常的經紀人一眼認出了尹理事，嚇得猛戳愛麗絲社長。社長露出「我聊得正開心你幹嘛」的表情轉頭一看，瞬間僵硬地愣在原地。

見。」

「咳咳，我太太你在五年前見過一次，你還認得吧？我兒子應該是第一次

他嘴上那麼說，手卻揮得像蒼蠅拍動翅膀一樣，把妻兒叫了回來。

「打招呼？你、你幹嘛那麼客氣，還專程……」

「我來打聲招呼。」

「哎呀，是、是傑伊啊。」

神經病只是輕輕點頭，就讓身後的人站到自己旁邊。眼底充滿好奇的那個人，正是我在地下停車場見過的夢想社長。神經病向愛麗絲社長介紹了他。

「這位是公司的社長。」

愛麗絲的社長可能沒料到傑伊會介紹公司的上司給他認識，表情突然一陣僵硬。我看他好像有點感動，聲音還微微顫抖。

「咳咳，你說是社長嗎？」

而這一次，神經病向夢想社長介紹了他。

「這位就是我經常提到的、我的叔叔。」

不曉得是不是過於緊張的關係，愛麗絲社長的灰塵過敏在打完招呼後便開始發作。他的眼淚流個不停，連旁觀的我們都嚇到了。見狀，夫人趕緊帶他離開現場。

夢想社長後來移動到其他地方，神經病卻仍留在我身邊，幫夫人攙扶著社長，看著他們搖搖晃晃地走遠。待在附近的經紀人和漢洙一頭霧水，搞不懂這究竟是怎麼回事。他們似乎非常混亂，不明白我的叔叔為什麼同時也是尹理事的叔叔。

因為他們兩個一直盯著這裡，我本應該小心行事才對，然而我卻忍不住對著神經

病說道。

「做得好。」

不經意地稱讚後，我感受到他低頭俯視著我的目光。但我不想在這裡繼續表現出認識他的樣子，所以刻意轉過頭，用只有他能聽見的音量咕噥。

「別再看了，你走吧。」

一直沒得到回應，我以為他已經離開了，正準備轉過頭去確認。但還沒來得及動作，只見眼前的經紀人和漢洙倏地張大嘴巴，一臉震驚地看向我身後。他們的表情怎麼了？我納悶地轉過頭……不對，是我的頭被人轉了過去。從背後環住腰部的手臂緊摟著我的身體，另一隻手托住我的下巴，將我的臉轉了過去。

——搞什麼！

我慌張地瞪大眼睛，可惜並沒有任何作用。倏然覆上的溫熱已經撥開我的唇瓣，將舌頭伸了進來。突如其來的親吻讓我一時竟忘了自己身處何處，腦袋頓時一片空白，不自覺地接受了熟悉的吻。

那知道現在是什麼場合的理性，似乎終止了身體的一切機能，讓我無法奮力反抗，只能強撐著不要倒下。可是就連這點也不是我能控制的，他的手緊緊環著我的腰，強硬地將我摟在懷中。

啾。

他的舌頭收了回去，令人耳熱的濕吻聲從緊貼的雙唇間隱隱傳來。隨後他又舔吻了幾下，才放開對我的禁錮。他緩緩將臉挪開，我才終於看見周遭的景象。但我依舊不敢輕舉妄動，現場實在太過安靜了。剛才還在演奏的樂隊已經停止，整個空間安靜得連呼吸聲都聽不見。

不過，即使靜若無人，那恍若實質的目光依舊如針刺般扎在我的皮膚上。從恍惚中清醒過來，我的第一反應是在內心痛罵——這該死的神經病。眼中逐漸湧現憤怒，察覺這點的他低下頭，滿足地開口說道。

「雖然還想繼續，但剩下的要回家才能做了。」

鏘啷啷！

某處傳來玻璃杯碎裂的聲音，但依舊無人開口。我彷彿站在了舞臺正中央，感覺人們的目光更加強烈了。他溫柔撫摸著我的臉，將我側邊的頭髮撥到耳後。直到這時，我才終於開口。

「……喂。」

雖然只是小聲說出的一個字，神經病卻笑得越發燦爛，好似聽懂了我的意思。

「怎麼？怕我們的關係被人發現？」

啪答答。

啪啦，啪啦。

東西落下的聲音再次傳來，緊接著是好幾個人癱坐在地的聲音。一時間，我有些咬牙切齒。發現？現在根本已經眾所皆知了，你還在說什麼鬼話？「瘋子」這兩個字像回音一樣，在我腦海中不斷迴盪。我驚慌失措地轉動眼珠，看見了一堆我不希望看見的人。

張大嘴巴的富三代一伙人呆愣在原地，身邊還躺著碎裂的玻璃杯。除此之外，不遠處是並排癱坐在地的李攝影師和凱文；鄭製作人和朴室長不知道是什麼時候來的，只見他們正瞪大雙眼，一臉驚訝地站在附近。

不過，沒有任何人的臉色比緊抓胸口的經紀人和漢洙還要慘白。媽的。只不過瞄了一眼，我就忍不住咒罵出聲。這時，只聽神經病用一副旁若無人、沒什麼大不了的口吻繼續說道。

「別擔心，我為你如此瘋狂，如果有人做出你討厭的行為，我一定會好好修理他們。所以我們兩個互相喜歡的事——」

他緩緩抬起目光，未竟的話語清楚地脫口而出。聲音不大，聽起來卻宛如一把駭人的刀刃。

「絕對不會有人知道。」

確如神經病所說，我們的關係真的沒有任何人知道。雖然在場許多人看見我們接吻，還聽到我們互相喜歡，大家卻真的裝作毫不知情。至少在我面前是如此。不過，那樣莫名讓我更加煩躁。

即便隱藏內心所想，人們盯著我的目光也總是帶著好奇與探究。當然，那了然於心、覺得我名草有主的眼神也讓人十分不爽。到後來，幾乎沒人敢來招惹我，甚至沒人敢靠近我了。過了一段時間，我才終於醒悟，他是在人群之中監禁了我。該死的神經病。

◆ ◆ ◆

啪啦。

綻出青筋的手用力將報紙揉成一團。明新回想著自己剛才看到的報導，好不容易才忍住激動的情緒。為了躲避心狠手辣的高利貸業者，他已經跑路一個月了。

那些眼裡只有錢的狠毒傢伙，不相信他說自己可以還債，居然對他下藥，逼迫他拍了性愛影片。至今累積的一切徹底崩塌，儘管這個事實讓他感覺像死亡一樣痛苦，他仍必須以保命為第一優先。但露臉拍了好幾次屈辱的影片，高利貸業者卻只說還不夠。

「你才還不到一半。」

看著對方布滿皺紋的臉咧嘴一笑，瞬間讓他一陣寒毛直豎。他所說的債務，自然也包含明新五年前偷走的那筆錢。那時明新才知道，那個人就是李宥翰先前工作的貸款公司的老闆。怎麼可能有這種事？簡直驚人得不像巧合，讓他實在不敢再仔細回想。

當那些不入流的影片不再能賣好價錢之後，他被關進房間，被迫一天接待幾十個男人。再這樣下去肯定會沒命的。夢碎的絕望被想活下去的渴望徹底掩蓋，於是他在某個夜晚只披上一件衣服就克難地逃跑。要是不逃，他大概只會繼續淪為貸款公司老闆壓榨的對象。

「你就做牛做馬、拚死拚活工作五年嘛，說不定你也會跟那傢伙一樣，在五年後還清所有債務。」

五年？別搞笑了，連五天都快要撐不下去了，還要他做這種破事五年？世界上有哪個傢伙會做牛做馬五年只為了還錢啊？不可能有那種人存在。跟高利貸借的錢，本來就不可能靠著工作還清。

他越想越氣。這個理所當然的事實，讓他逃跑後痛不欲生的身體越發疼痛難忍。

他是誰啊？他可是大名鼎鼎的宋宥翰，居然要他只拿幾十萬就被隨便一個男人上？他既憤怒又委屈。只要走到大街上，大家都會認出自己，紅著臉想上前打招呼。他不想為了還錢再做那種破事。為什麼他要做那種羞恥的、只有狗才會做的事？

要是高利貸業者願意再等一段時間，要籌到多少錢都不是問題，可那傢伙居然等都不願意等，直接毀了一切。全都是他的錯。是燒毀車子的凶手的錯；是輸給尹理事後，像白痴一樣死掉的金會長的錯；是無恥索要精神賠償的李宥翰的錯。都是那群該死的傢伙。明新一再詛咒讓自己淪落至此的人，沒想到，他卻意外從報紙上看見了其中一人的近況。

在這部電影中，要特別讚賞展現驚人演技、完全看不出是新人演員的李泰民。他演活了主角朋友的角色，讓他像真實存在的人物。他非常自然地詮釋了沒有活著意義的枯燥日常，讓觀眾理所當然地接受了必然死亡的結局。

簡直是鬼扯一通。明新咬牙切齒，將手中的報紙團揉得更緊。這真是太離譜了，一定是花錢買通記者寫出這種報導，否則才剛開始演戲沒多久的他，哪可能獲得這種評價？

可惜愚蠢的社會大眾不會知道。他們一定只看見記者的報導，就以為李宥翰演技很好吧？一想到這，他內心便忍不住躥起一把怒火。那種傢伙怎麼會……曾經恐嚇別人討債的臭流氓，怎麼可以……

啪啦。

用力丟到房間地板上的紙團滾了幾圈，在老舊的電視機前停下。因為曾是家喻戶曉的藝人，要逃跑簡直困難重重，光是這個月旅館就換了不下十幾間。不，應該說追捕他的人過於難纏，就算不是公眾人物，也很難躲過。

奇怪的是，感覺追捕他的人似乎不是高利貸業者派來的。那人不像與高利貸業者勾結的黑道，反而更像專業打手，抓他的時候，甚至還露出會毫不猶豫殺死他的眼神。最後一次以毫釐之差逃離那人手中，背脊發涼的感覺過了好幾個小時仍沒有減退。

既然不是高利貸業者，到底還有誰會追捕自己？手中的錢越來越少，必須重新擬定對策了。自己不應該被困在這種發臭的廉價旅館，就連曾經當過流氓的李宥翰都能那樣登上報紙，還飾演了自己一直想參與的電視劇。

明新抬起惡狠狠的目光，瞪著螢幕上播放的電視劇廣告。這段期間，他盡可能不看電視，只因隔著螢幕看著自己曾經昂首闊步的舞臺，令他萬分憤恨。然而，與他的期望相反，這個世界無時無刻不充滿了他不願面對的聲音。

電視好似無處不在，絢爛的螢幕理所當然地被擺在顯眼的位置。他已經費盡心力不聽也不看，專注於逃跑一整個月了。但即使關上耳朵、閉上眼睛，仍無法阻攔人們的口耳相傳。

得知自己曾經如此渴望演出的電視劇即將播映，他頓時感到一陣撕心裂肺。那本該由他飾演的，那部電視劇應該是他的，可現在居然已經要在電視上播出了？無法控制的緊張情緒，讓他忐忑不安了好一陣子，最終才像要親眼確認似的，睽違許久地打開電視。

那個人的出現，讓他數月來的委屈頓時爆發，但在怨憤到了極限之後，那窒息般的緊繃情緒突然冷靜了下來。李宥翰，他居然出演了這部電視劇？直到那時，明新才發了瘋似的拚命蒐集所有電視劇的消息，並在不久前看到了電影的相關報導。

他感覺李宥翰奪走了自己的一切。不，就是他奪走了一切。因金會長而刻意接近，但其實自己一直想占有的尹理事、夢想著出演的電視劇和恣意操弄報導的金錢與權力，全都被那小子奪走了。

「王八蛋。」

終於咒罵出聲的他，緊咬著顫抖的牙齒，下定決心要將一切全都奉還回去。既然自己已經徹底毀了，絕對不能讓那小子好過。可是該怎麼做？他思考片刻，忽然睜大眼睛。不，有方法了，那小子不是有一段不堪的過去嗎！高中沒畢業、騎重機競速，還專門恐嚇別人的骯髒過去。

只要把那段過去爆料出來就行了。儘管想出了方法，他卻馬上發現少了些什麼。如果單純上傳文章，帶來的迴響一定不大，要是有照片……正在思索的他猛然起身走進廁所，拿起拋棄式刮鬍刀，刮了許久沒刮的鬍子。鏡子裡逐漸顯現出他過往輝煌時期的模樣。

明新前往的地方，是距離五年前住處不遠的三流劇院。在這個時代已經所剩無幾的劇院之所以能持續經營，是這裡成了沒錢的男同志尋找一夜情對象的場所。明新連續幾天傍晚，都站在能看見劇院入口的地方，等待某人到來。

以前一起鬼混的人當中，有個像垃圾一樣的傢伙。只會聽令行事的他，偶爾會大膽地觸碰明新，在被李宥翰揍了一頓之後，從此變得唯唯諾諾。

他當時年紀輕輕，就因缺錢不時來這裡尋找砲友。五年後的此刻，他不可能過得更好，一定變得更垃圾了。守在劇院入口的第三天，他終於出現了。

那小子穿著比以前還破舊的衣服，眼神迷茫地走進劇院。明新將帽子壓得更低，靜靜跟在他身後走了進去。那小子是個垃圾，五年前沒辦法融入團體，只能做別人交辦的工作。而其中一項，就是拍攝恐嚇照片，所以那個東西一定還在他手上。

一股噁心的酒味竄入口中。令人作嘔的味道讓明新想立刻推開對方，他卻逼自己忍住反胃的感覺，放任對方的舌頭伸了進來。可能是難得遇到的對象讓他異常興奮，他急躁地將嘴唇撞了上來，伸手摸索著明新的性器。前方的大銀幕播放著一部不知名的電影，劇院裡卻無人在意。明新輕輕推開摸索著自己的髒手，湊到他耳邊咕噥。

「不能到你家做嗎？」

被酒精和毒品麻痺思緒的他急忙點頭。當明新心想「上鉤了」，並準備起身時，他突然用力抓住明新的手臂，讓他坐回位子上，咕噥著開口。

「先讓我看看你有多行。」他解開褲頭，搖搖晃晃地掏出性器，「快點，哈啊，用嘴幫我。」

這傢伙……明新咬牙切齒地握住拳頭，卻還是立刻跪在骯髒的地板上。張嘴含住性器後，一股噁心的腥臭味立即在口中竄開。

對口交感到滿意的他，乖乖將明新帶回自己家。不過，即使沉溺於酒精和毒品之中，看見了摘下帽子的明新，他卻表現出一副認識他的樣子。

「咦？你……長得好像。」

一把將他甩到地上、開始在房間東翻西找的明新並沒有多加理會，直到聽見了自己的名字才停下動作，不耐煩地望向他。

「你長得好像宋明新。」

來到這裡之前，明新便翻找出他口袋裡的毒品，讓男人吃了下去，此刻男人就連身體都無法控制自如。即便如此，他還是努力扭動身體想坐起來，同時不斷嘀咕著某個名字。

「宋明新，你跟宋明新長得一模一樣。」

「我第一次聽說。那是誰？」

狹小的地下套房和主人一樣是個垃圾場，翻找也是個大工程。相片一定就在這裡。他在團體中只負責跑腿，卻非常自豪能和大家一起行動，所以他一定不會把照片丟掉，畢竟那是他人生的巔峰。

「宋明新……在宥翰氣勢正盛的時候，帶在身邊的漂亮傢伙。」

差不多翻了一半的明新，一聽到李宥翰的名字，又再次轉頭詢問。

「宥翰？那是誰？可以讓我看看他的長相嗎？」

「嗯？長相，長相……你可以看照片。」

明新這才第一次露出笑容。

「有照片當然好啊，在哪裡？」

隨後，對方伸出抖個不停的手揮來揮去。

「在那裡，那個……箱子裡……」

明新走向他還沒翻過的箱子堆，拿起已經被撕開的紙箱，將內容物倒在地上。

唰啦啦啦，咚咚——

裡面掉出的雜物砰咚墜地，數樣物品在地面上滾動。明新趕緊開始一張張翻找照片，但呆呆看著明新動作的男人忽然咧嘴說道。

「但宥翰那傢伙被明新背叛，最後變成窮光蛋了。」

男人說起五年前的事，明新卻充耳不聞，只顧著專心尋找還沒看見的照片。

「沒有照片啊，在哪裡？」

他這麼詢問，男人卻咧嘴一笑，自顧自地說著。

「宥翰那傢伙一直裝出了不起的樣子……沒想到最後成了窮光蛋，還欠下高利貸，所以那個了不起的李宥翰，後來做牛做馬、拚命工作。」

聽見「做牛做馬」這幾個字，明新忍不住停下手邊的動作。雖然自己拿走了押金和他討到的債款，可那小子應該還有一些錢吧。更何況他要是真的缺錢，再去跟其他欠債人要不就好了？那就是他的工作啊。但他說欠債？

「做牛做馬？你說李宥翰嗎？」

嗯，嗯。男人開心地點點頭。

「他真的很拚命。我看過、我看過他幾次，李宥翰到工地做苦工、當搬家工人……晚上，啊，還看過他凌晨去送貨。」

「真的是李宥翰？」

男人已經沒辦法好好抬著頭，開始左搖右晃，但他沒有躺倒，繼續開心地說著。

「對，就是李宥翰。沒人相信，可是他真的為了還清自己欠下的高利貸，去做了苦工。很搞笑吧？呵呵……」

男人笑到肩膀顫抖，莫名的涼意卻占據了明新的心頭，一股不祥的預感就這樣隱約浮現。

「他就算跑去做苦工，還是還不完，對吧？」

「我也不清楚，不過……直到今年年初，我還看到他在工作。」他說著，開始一根根伸出手指。「五年，他居然那麼可笑地過了五年，呵呵呵。」

——你就做牛做馬、拚死拚活工作五年嘛，說不定你也會跟那傢伙一樣，在五年後還清所有債務。

不知為何，貸款公司老闆說的話在腦海中揮之不去。太離譜了，不可能是那小子吧。但如果李宥翰真的借了高利貸，只可能是跟他老闆借，他真的把債還完了嗎？李宥翰真的拚死拚活、做牛做馬，把利息高得不像話的債務還清了？這時，男人信心滿滿地繼續開口。

「這件事只有我知道喔……大家都以為李宥翰人間蒸發了，只有我知道，他一直在拚命工作，而且他弟死了。」

「什麼？誰死了？」

「弟弟，李宥翰的弟弟。而且我聽說，他媽媽過沒多久也死了。呿，我本來還打算巴結李宥翰，嘗試做做看高利貸的……結果那傢伙因為家人死了……就瘋狂工作……」

明新的心跳逐漸加速。其實先前就察覺到異樣了，他卻一直忽視那股感覺。最後一次去找李宥翰、把錢丟給他的時候，他就已經不再是自己認識的李宥翰了。李宥翰質問他對於五年前的事有沒有絲毫罪惡感，問的不像是錢，而是其他東西。李宥翰那時的眼神和表情看起來空虛得令人窒息，所以他硬是找了些話反駁，儘管最後，他依舊辯無可辯。

——所以你也應該贖罪，像我一樣。

像我一樣？直到現在，他還是不懂李宥翰在胡言亂語什麼，但彷彿已經發現端倪的心臟卻在體內瘋狂跳動，迫使他開口。

「你說他弟弟死了……是什麼意思？什麼時候死的，又是為什麼死的？」

男人抬起因毒品而朦朧的雙眼。無神的眼睛幾乎無法睜開，卻依舊自顧自地說著。

「那傢伙的弟弟被人殺了。有個人對宥翰那傢伙懷恨在心，帶著菜刀守在他家附近，然後在李宥翰面前拿刀捅死了他弟。不知道凶手怎麼知道那是他弟弟，直接刺穿了他的內臟，呵呵。不知道李宥翰當時有沒有嚇尿，如果是我弟在我面前……」

沙啞的聲音還在繼續，卻已經沒有任何聽眾了。

臉色蒼白如紙的明新逃跑似的奪門而出。緊握著顫抖的拳頭，在大街上狂奔的他，不斷喃喃自語。

「不是我的錯，絕對不是我的錯……」

◆◆◆

接獲意外的聯繫，電視劇正好播到第二集。雖然已經預先拍好不少分量，但畢竟是長篇電視劇，我還是一整週都忙於拍攝。不知道是不是準備和拍攝時間太長了，當電視劇真的在電視上播出時，我居然沒有什麼特別的感覺。

大家都為高收視率而非常興奮，但我其實不太了解那些東西，只是對於自己有一件可以專心忙碌的事感到高興。喜歡的事情變成日常的日子一天天持續，或許正因如此，我才無法忽視經紀人突然捎來的消息。

「泰民，你有認識的人在監獄裡面嗎？」

他憂心地詢問，我回答「沒有」後，他也沒有收起愁容，而是朝我遞出一封信。那是從監獄寄出的信件，收件人卻寫著我的名字「李泰民（李宥翰）先生」。

「他連你的本名都寫了，應該是以前就認識你的人。而且你不覺得寄件人的名字……」他歪著頭，用半猜測的語氣詢問：「和你先前請我匯款的人一樣嗎？」

我默默接過信件，想起了一個人。唰——信封被粗魯地撕開，裡頭有一張紙。啪啦，我攤開信紙，上頭只有兩行寫得小小的、歪歪扭扭的字跡。

對不起。

我想見你一面。

寄件人是殺死弟弟的凶手。

匡匡！

聽著背後厚重鐵門關上的聲音，我才意識到自己是第一次到監獄會客。雖然曾經是個地痞流氓，身邊也有幾個人進過監獄，但我都未曾來訪。畢竟大家短則幾個月，長則一兩年就會出來了，根本無需如此。

那些傢伙進監獄的緣由，大多是鬥毆、搶錢等等。即便是被我們稱為「人渣」的傢伙，也沒有被關超過三年。所以被判處十年以上的刑期，表示罪狀超出了我們的想像——殺人。前去探望因剝奪了某人的未來、至少還要被關五年的傢伙的我，又走過幾道安全門。

為了以防萬一，經過搜身後，我走向會客室。我目前只在電視上露過一、兩次面，基本沒人認得我。在前方帶路的獄警也是如此。他將我帶進會客室之前，猶豫地開口。

「他是模範囚犯。我在這裡很久了，還沒看過有人對自己做的事後悔難過成這樣。」

我把他的話當成耳邊風，走進敞開的門。最先看見的是鐵製窗欞和透明牆面，而在那前面有張椅子可以讓我坐下。室內一片灰濛，狹窄的空間看了只讓人覺得淒涼。透明牆的另一邊，有個一看見我就站起身的矮小男人。

他整個人劇烈顫抖，鬆垮垮的囚服也跟著不停晃動。見我出現，他非常艱難地微微抬起頭。不過，眼神一與我交會，他又立刻把頭垂下。我站在原地端詳片刻，他的模樣與我記憶中完全不同。

曾經帶著憤怒扭曲的表情、拿著刀大喊「這就是報應」的男人，現在瘦得不成人形，只敢蜷縮著肩膀。要是獄警沒有告知面會時間，並示意我坐到面前的椅子上，我大概沒辦法邁開腳步。我真的非常想直接轉身離開。

喀噠，喀噠。

我緩緩走了幾步，強迫自己坐到椅子上。我坐下後，他也放低顫抖的身體坐在我面前。要是我們之間沒有隔著窗欞和玻璃，會怎麼樣呢？我凝視著頭壓得低低的、只露出頭頂的他，拳頭不受控制地緊握，指甲深深陷進手心，那是我此前未能感受到的憤怒。是啊，要是沒有鐵窗，我說不定已經殺掉那小子了。

「……起。」

小聲的咕噥自耳邊傳來，隨後是一陣沉默。又過了好一陣子，他才再次重複自己剛才說過的話。

「對不起……對不起……對不起……對……」

彷彿啜泣般，他不斷重複著同一句話。我冷眼看著他，好不容易才開口。

「閉嘴，王八蛋。」

他瘦小的肩膀抖得更厲害了，但我知道，那並非出於害怕。他現在真的開始啜泣了。他似乎知道如果哭出來，我會更加憤怒，所以一直努力不哭出聲音。

「對……不……起……對……不起……」

「臭小子，我叫你閉嘴。」

我低聲嘶吼，咬住不由自主顫抖的嘴唇。

「你找我幹嘛？」

問完後，只會重複同一句話的他，終於有了其他反應。

「先前……我老婆說……有一大筆錢匯入戶頭……但不認識那個人……」

他的聲音太過微小，我沒辦法完全聽清，但卻懂了他的意思──我知道錢是誰匯的。

「可是……她說……有一個跟匯款人……同名的人……上了電視……」

該死的經紀人。我匯過去的錢，是明新最後丟下的那幾捆鈔票。我當然不可能將那些垃圾占為己有。不知怎麼搞的，那時我突然想起了一個孩子。我自己也搞不懂，為什麼會莫名想起殺人犯的孩子？那個被我抓在手裡，不停哭喊的孩子。

說也奇怪，即便沒有刻意回想，我依舊流利地念出了五年前的戶頭帳號。為貸款公司討債的時候，我有時會拿走欠債人的存摺。畢竟偶爾有人會為此向警方報案，若要避免留下匯款紀錄，直接用他們的存摺把錢領走是最好的方法。

所以我這裡有好幾本存摺，那是我可以隨時把錢領出來、拿去吃喝玩樂的聚寶盆，常用到幾乎把帳號都記起來的那種。那時因為住院身體不舒服，我才會拜託經紀人幫忙。

我叫他隨便寫一個名字，不要寫我的，結果居然直接寫了我的藝名？媽的。當我咒罵著經紀人的時候，眼前的人沒再開口，而是屏息般安靜了一段時間才再次抬起頭。哭紅的眼睛雖然顫抖著，卻沒有再看向下方。

「名……字……一樣是……李泰民……所以……」

「所以怎樣？」

他再次低頭，這次改成重複另一句話。

「……謝……謝……謝謝……謝謝……謝謝……」

「閉嘴，王八蛋。」

我咬牙說完，好不容易才忍住不哭的他，肩膀又開始顫抖。看著他快要把瘦削的身體抖壞的模樣，我勉強壓抑住即將爆發的怒氣。感覺否認「那不是我」反而更可笑，我決定向他坦白。

「王八蛋，你聽好了，那筆錢對我來說只是垃圾，是骯髒又噁心的東西，所以我才會丟給同樣骯髒的你。別以為我原諒你了，混蛋，我絕對不會原諒你的。」

流淌著紅色鮮血的巷弄在我腦海中碎裂，記憶如破碎的拼圖般在胸口堆疊。強烈的憤怒好似要化作尖銳的泣音，我強忍著怒意，努力維持平靜。

「聽說你是模範囚犯？看來是打算在裡面假裝自己很善良，藉此減少刑期？你想得美，幹，不管怎麼樣，我都會讓你關好關滿再出來。你要服刑期滿才准出來，要承受完你唯一懲罰才能出來。聽懂沒，王八蛋？」

我咬緊牙關，努力穩住逐漸急促的呼吸。聽我說話的時候，他只是一直啜泣，不時小聲說道。

「……嗚嗚嗚……謝……謝……嗚嗚……對不起……嗚……」

「幹，還不閉嘴？」

「嗚嗚……對不起……對不起……」

他哭得一塌糊塗，像個機器人般只會不斷重複同一句話，即使被我罵了，依舊不斷跳針。最後，我自暴自棄地用力推開椅子站起身，斷續的道歉仍在繼續。

「……對不起……嗚嗚……對不起……對……」

走出監獄時，我努力想忘掉這五分鐘不到的會面。比起憤怒，一股無處宣洩的煩悶占據了我的胸腔。他口中的抱歉，並不像是乞求我原諒的意思。就如同我不可能原諒他，他似乎也知道自己不可能獲得諒解。

我只是覺得很煩。我不後悔匯錢給他，卻後悔來這裡看他。可能是我在他身上，隱約看見了自己的影子吧。畢竟我也認為自己的罪孽不可能獲得原諒，所以我無法原諒他，也沒有那種資格。

沉重而煩悶的心情，在走出監獄之後還是沒有消退。我一心只想快點離開，這時，眼角餘光瞥見有個女人正不知所措地站在監獄外牆，手裡牽著一個六、七歲的男孩。

媽的，現在換成老婆了嗎？我率先認出了她，靜靜站在原地不動，而她看見我，蒼白的臉立刻垂了下來。不想再聽到任何道歉或感謝，我準備直接轉身離開，這時，只聽她用微微顫抖的聲音開口。

「……對、對不起。」

她的話讓我的心情變得更加沉重。回頭一看，不知所措的她勉強挪動腳步，走到距離我兩三公尺的地方。她似乎有話想說，而我則是看向緊挨著母親的孩子。孩子可能是發現母親在顫抖，便出於本能地對我感到恐懼，怯生生地躲在母親身後。

「錢、錢……要……還給你……」

哽咽的她朝我伸出手，她手上拿著老舊的存摺和印鑑。我冷冷低頭，開口說道。

「叫什麼名字？」

她說了句「什麼」，抬起了驚訝的目光。我指著用母親的雙腿把自己遮住的孩子。片刻過後，她嚥了口口水，小聲說出一個名字。隨後，我仔細觀察著孩子的臉。在那個孩子還很小的時候，我曾經抓著他，拿刀抵著他的臉。

「把錢給孩子吧。」

我留下這句話，便轉身離開，但沒走幾步就被她再次叫住。我以為她又要遞出存摺，不耐煩地回頭準備拒絕時，發現她手上拿著另一樣東西。顫抖的手中，拿著被黑色塑膠袋包裹的某樣物品。現在，她也發出了和她老公一樣的啜泣。

「對……不起，嗚……事發……之後……我、我去了現場……在那裡……撿到這個。對不起……」

她腰彎得很低，只有手高高抬起。顫抖的手看似馬上就要支撐不住垂落，可即使我凝視她很長一段時間，她還是沒有將手放下。我深吸一口氣，接過了她手裡的東西。塑膠袋摩擦出窸窣聲響，我在袋子底部摸到一個扁扁的物品。

我恍恍惚惚走了很長一段時間。直到意識到自己來到了一個陌生的地方，才終於在路中央停下。我打開老舊的黑色塑膠袋，伸手取出裡面的東西。一樣不知道是什麼、巴掌大的物品被一條泛黃的手帕包裹。我凝視著包裝整齊、好像裡頭的東西萬分珍貴的手帕，過了片刻才平靜地解開。翻開層層纏繞的布料，終於看到了內容物——一張比手掌還小的塑膠卡片。

○○國中學生證

我最先注意到的，是大字底下寫著的、弟弟的名字。大概是中刀的時候，從掉到地上的書包裡滑出來的吧。擺在手心的，是五年前已然停駐的時間。我把手帕和塑膠袋丟進附近的垃圾桶，準備將弟弟的學生證放進口袋，奇怪的觸感卻莫名從手心傳來。

理應光滑的塑膠學生證背面，居然是觸感粗糙的紙。我再次停下腳步，將學生證翻了過來，上頭真的貼了一張紙。剪裁得與學生證大小相同、再貼上去的紙張，是一張手寫的假學生證。

首爾大學法律學系學生證

正下方用不同顏色的筆粗粗地標示了弟弟的姓名，更下面還有一些手寫的內容。我往下閱讀，直到讀到某個部分才停下，低著頭看了好一陣子，目光遲遲無法移開。

上述學生以優異成績畢業，成為檢察官，制止了兄長的糟糕作為，將他引導回正途，令母親大為欣喜。

我緩緩抬起頭。在拍攝自殺戲時未曾凝望的天空，原來竟是如此美麗。

——《PAYBACK 03・下》完

NE028

PAYBACK 03・下

페 이 백

作　　者　samk
譯　　者　吳采蒨
封面設計　CC
封面繪者　Uri
責任編輯　任芸慧
校　　對　葛怡伶

發　　行　深空出版
出 版 者　深空出版有限公司
地　　址　臺北市中正區館前路 59號 9樓
電　　話　(02)2375-8892
傳　　真　(02)7713-6561
電子信箱　service@starwatcher.com.tw
官網網址　www.starwatcher.com.tw
初版日期　2025年 09月

總 經 銷　聯合發行股份有限公司
地　　址　新北市新店區寶橋路 235巷 6弄 6號 2樓
電　　話　(02)2917-8022

國家圖書館出版品預行編目 (CIP) 資料

PAYBACK03 / S A M K 著 . -- 初版 . -- 臺北市 :
深空出版有限公司出版 : 深空出版發行 , 2025.09
冊 ;　公分
ISBN 978-626-99609-3-4(第 3 冊 : 平裝). --
862.57　　114005665